SCARAMOUCHE
suivi de
ADÉLAÏDE

NOTE

SCARAMOUCHE a été publié en feuilleton dans l'hebdomadaire "L'Unité" en Février et Mars 1843.

✧

Notre édition d'ADELAIDE est conforme au manuscrit conservé à la Bibliothèque de Strasbourg. Nous n'avons pas cru devoir corriger les quelques négligences apparentes de ce texte que Gobineau n'avait pas révisé en vue d'une publication. Nous avons seulement unifié les noms propres et complété la ponctuation.

COMTE DE GOBINEAU

SCARAMOUCHE

suivi de

ADÉLAÏDE

l'arrière boutique

PARIS

JUSTIFICATION DU TIRAGE

Il a été tiré de cet ouvrage 50 exemplaires sur pur fil Johannot numérotés de 1 à 50, 1.150 exemplaires sur vergé Johannot numérotés de 51 à 1200 et 50 exemplaires Hors Commerce.

Exemplaire 31

CHAPITRE PREMIER

Comment ledit Scaramouche se trouva épris d'une grande dame

AMI LECTEUR, T'ATTENDRAIS-TU par hasard à me voir commencer cette historiette par : « La lune pâle se levait sur un ténébreux horizon... » ou par : « Trois jeunes hommes, l'un blond, l'autre brun et le troisième rouge, gravissaient péniblement... » ou par... Ma foi, non! tous ces débuts, étant vulgaires sont ennuyeux et, puisque je n'ai pas assez d'imagination pour te jeter sur la scène de mon récit d'une manière un peu neuve, j'aime mieux ne pas commencer du tout et t'avertir tout bonnement que Matteo

Cigoli était, de l'aveu général, le meilleur garçon, le plus gai, le plus actif et le plus spirituel qu'eût produit son village, situé à quelques lieues de Bologne. Au moment où nous le ramassons sur la grand'route, il est dix heures du matin; le soleil brûle la poussière et Matteo vient de faire ses adieux à monsieur son père. Que de tendresse dans ces adieux!

— Jeune homme, lui a dit le patriarche, grand et fort comme tu es, tu manges trop; va te nourrir ailleurs. Surtout sois vertueux et que je ne te revoie jamais, sinon...

Ici l'orateur avait tracé du pied et de la main une sorte d'hiéroglyphe plus compréhensible que ceux de feu Champollion; puis il avait ajouté :

— Voici un bâton et ta gourde pleine de vin. Bonjour.

Matteo, vivement stimulé par le geste de l'auteur de ses jours, était parti au pas de course. Et le voilà, avec ses dix-huit ans, lancé dans le monde, comme jadis Sixte-Quint, Giotto, Salvator, Pierre de Crotone et tant d'autres. Marche, ô

Matteo! je ne doute pas qu'il ne t'arrive plus d'une étonnante aventure!

J'achève en hâte mon invocation, car je m'aperçois que mon héros a rejoint sur la grand'route un vaste chariot qui se traîne paresseusement sous le soleil et qui me paraît contenir une joyeuse société.

— Ohé! l'ami! s'écria d'une voix forte un personnage décoré de magnifiques favoris noirs et lustrés, et qu'au fouet qu'il tenait en main on reconnaissait pour le conducteur, sommes-nous encore loin d'un village?

— Je ne sais pas, mon bon seigneur, répondit Matteo, je ne suis pas du pays.

— J'ai terriblement soif, grommela l'automédon.

— Et moi furieusement, répétèrent deux personnages assez fantastiquement accoutrés qui se tenaient près de lui.

Aussitôt quatre ou cinq voix d'hommes, de femmes et d'enfants sortirent du creux de la machine et s'écrièrent :

— J'ai soif, moi! J'ai faim! J'ai chaud!

Bref ce fut un concert qui proclamait tous les besoins tourmentant la frêle humanité.

Matteo, en homme qui s'ennuie d'aller à pied, offrit la gourde qui pendait à son bâton, elle fut acceptée avec reconnaissance, vidée avec soin et rendue au prêteur par le gros cocher qui l'accompagna de ces paroles gracieuses :

— Es-tu fatigué, toi?
— Certes, oui.
— Monte dans la patache.

Matteo accepta avec une reconnaissance tellement empressée qu'il écrasa le pied d'un enfant et tomba sur les genoux d'une des femmes. En se relevant, il s'aperçut qu'elle était jolie et salua.

La carriole continua sa route du même pas traînard qu'auparavant, mais la présence de Matteo avait ranimé la conversation prête à s'éteindre. Il narra sa courte et prosaïque biographie et il eut la satisfaction d'entendre la jeune femme sur les genoux de laquelle il avait fait son entrée dans le chariot s'écrier : « Poverino! » d'une manière toute compatissante. Ensuite il s'enquit d'une voix timide de la profession de ses nouveaux amis.

— Corpo di Baccho! s'écria le gros

cocher, il faut que tu sois un rustre bien ignorant et bien peu favorisé de la fortune pour ne pas nous connaître. Jeune homme! je suis Polichinelle; ce monsieur brun et sec est l'honnête et bergamasque Arlequin; Pizzi, lève ton nez et montre à ce brave garçon la face extravagante de l'honnête Tartaglia. Tu viens d'écraser le pied de l'Amour; c'est sur les genoux de Colombine que tu es tombé et, quant à cette vénérable matrone qui surcharge de son poids l'arrière de notre brouette, elle n'est artiste que dans les grandes circonstances; d'ordinaire elle reçoit l'argent à la porte. Découvre-toi cependant, Matteo Cigoli; dame Barbara a produit deux chefs-d'œuvre : Colombine et moi!

Matteo ne put assez se féliciter en lui-même d'être, dès son début, tombé dans la société d'aussi augustes personnages; il devint fort gai, partant spirituel, et se concilia l'affection de toute la société, à l'exception de Tartaglia, qui en lui-même trouva ridicules les regards que le nouvel arrivé jetait fréquemment du côté de Colombine.

— Cher ami! s'écria tout à coup Arlequin d'un ton sentencieux, le contenu de ta gourde t'a conquis à jamais ma tendresse; écoute-moi, je te prie, avec une grande attention. Dans ce coffre, dit-il en frappant du doigt sur la caisse à demi défoncée qui lui servait de siège, dans ce coffre se trouvent la fortune et la gloire, consistant en un nez postiche, un pantalon, une perruque et autres accessoires.

— Matteo Cigoli, reprit Polichinelle en second dessus, notre cousin Carpaccio a eu la sottise de déserter le culte des Muses pour se faire chaudronnier; je me joins à Arlequin pour t'offrir sa dépouille. Quelle magnifique position nous te présentons là! D'abord part à nos bénéfices. Quand je dis part, c'est demi-part! Mais part entière à notre vie aventureuse, à notre incomparable fainéantise, à nos délicieux plaisirs, à nos succès! Oui. Matteo! les duchesses, les marquises se font un devoir... tu remueras leurs cœurs à la pelle!

— Bah! reprit Pantalon qui était couché au fond de la voiture entre deux paquets, et qui n'avait pas encore parlé, pourquoi tant de frais d'éloquence? Il n'a pas le sou, cela se lit sur sa mine; nous lui proposons notre appui...

— Notre protection, dit Barbara.

— Notre amitié, siffla Colombine.

— Notre carriole pour voyager, hurla Polichinelle, de l'air dont on reproche un bienfait.

— Et surtout une portion de notre gloire, psalmodia de nouveau Arlequin : c'est à prendre ou à laisser.

— Mais si, au lieu de parler tous à la fois, vous me laissiez le temps de vous répondre, répliqua Matteo, cela vaudrait bien mieux, car j'accepterais.

— Vraiment?

— Avec joie et...

— Avec joie suffit, interrompit le gros Polichinelle en lui tendant les bras; qu'il subisse un embrassement général!

Ému jusqu'aux larmes, Matteo se prêta volontiers à cette opération, espérant qu'après la figure huileuse de Polichinelle, la face anguleuse d'Arlequin, la mine bouffie de Tartaglia, l'angle aigu de Pantalon et le faciès inqualifiable de la vieille dame, il parviendrait à l'Éden semé de roses des joues de Colombine; mais arrivé à cette dernière station, Tartaglia, n'y tenant plus, le jeta au fond de la voiture d'un coup de poing dans l'estomac et il accompagna cette brutalité d'un regard si terrible que le nouvel artiste dramatique jugea qu'il était prudent de ne pas l'exaspérer.

Cependant Polichinelle reprit :

— Veux-tu être Cassandre?

— J'aimerais mieux un autre rôle, dit Matteo d'un air boudeur, en se frictionnant le creux de l'estomac.

— Eh bien, jeune ambitieux, le rôle du Docteur te convient-il?

— C'est trop bête.

— Nous avons besoin d'un Scaramouche, observa Colombine.

— Scaramouche! dit Matteo en cessant tout à coup de se préoccuper de sa santé; Scaramouche! n'est-ce pas le résolu Scaramouche qui parle vite, beaucoup et bien, qui embrouille et qui débrouille les intrigues, porte une collerette blanche et une longue épée? Vive Dieu! je me sens capable de m'élever à la hauteur de ce rôle. Eh! je puis être mélancolique, sentimental, amoureux, voleur, escroc, honnête, stupide, fou, en un mot, le résumé de toutes les vertus et de toutes les faiblesses humaines comme ce grand modèle! Je joue des castagnettes et pince de la guitare!

Le rayon du Ciel venait d'éclairer Matteo et sa vocation se décidait. Il versa quelques larmes, tribut de son émotion et serrant la main de Polichinelle d'une manière expressive :

— O mes frères! s'écria-t-il, je suis Scaramouche!

Ici, donnant un vigoureux coup d'éperon à feu le cheval Pégase que je ressuscite pour me servir dans cette narration noble et tout épique, je crois devoir, par égard pour le lecteur, sauter par-dessus les deux ou trois mois d'apprentissage de Matteo, non pas qu'ils aient été indignes de lui; mais, quand on a vu *Phèdre*, va-t-on parler de l'*Alexandre*? Sa réputation arriva promptement à un degré assez remarquable pour que la troupe, dans laquelle il avait déjà pris une influence qui le disputait à celle de Polichinelle, résolût d'aller tenter la fortune à Venise la belle, la cité des plaisirs et de la fortune par excellence. Arlequin et Pantalon, qui étaient des gens de bon conseil, proposèrent de déterrer quelque abbé meurt-de-faim, comme il s'en trouvait tant dans la ville, afin qu'il leur fît des pièces. L'avis fut adopté — et dame Barbara n'eut pas longtemps à chercher pour trouver le pauvre abbé Corybante, petit jeune homme maladroit et malingre, grand amoureux des Muses, et n'ayant pas le sou. Le prix de chaque pièce fut fixé une fois pour toutes à dix écus, et l'abbé se mit au travail.

Comme il était heureux, ce pauvre abbé! il allait enfin produire un fils de son imagination et empocher dix écus, chose rare, chose presque immémoriale dans sa vie! Aussi, à dater de ce jour, combien il se montra distrait dans les leçons de latin dont il ennuyait les jeunes nobles, et dans les leçons de mandoline qui amusaient les jolies patriciennes! Le matin de la représentation, l'abbé était complètement hors de lui lorsqu'il se présenta au palais Tiepolo pour faire le professeur auprès de la belle Rosetta, dont il était plus particulièrement le souffre-douleur. Il est bon de dire que la signora Rosetta Tiepolo était une riche héritière que la mort de ses parents avait fait tomber sous la tutelle de la Sérénissime République; elle possédait des biens immenses en Candie et dans l'Archipel, et son illustre tutrice n'eût pas été fâchée de trouver un prétexte pour accaparer ces richesses. Cependant, on avait autorisé le comte Jean Foscari, un des jeunes nobles les plus ruinés de la République, à faire la cour à la belle Rosetta. Tout cela procédait convenablement, régulièrement, ennuyeusement et comme il convient à des personnes d'un haut rang.

— Arrivez donc, l'abbé! dit la jeune fille. Où êtes-vous? Que faites-vous?

— Madame, je demande des millions d'excuses à Votre Excellence Illustrissime. Voici la musique; commençons, s'il vous plaît... Ah! pardon.

— Vous êtes bien ennuyeux, l'abbé, de laisser tomber la musique comme cela, mais vous avez quelque chose! Oh! la drôle de figure! Je veux savoir ce que vous avez. Êtes-vous malade?

— Non, Excellence.

— Vous ressemblez à un casse-noisette.

— Excellence, je suis heureux quoique bien inquiet.

— Grands dieux! que vos lenteurs m'impatientent! s'écria l'irascible héritière en frappant du pied.

L'abbé prévit un orage et, se hâtant de le détourner, il avoua qu'il était l'auteur de la pièce qui se jouait le soir même au théâtre de Saint-Ange.

— Vraiment, l'abbé; vous avez donc de l'esprit?

— J'ai fait plusieurs acrostiches sur le nom de Votre Excellence.

— Ah! c'est vrai. Je veux voir votre pièce.

— Il est temps alors que Votre Excellence se hâte de faire retenir les places, dit le bon abbé en se rengorgeant; car une grande partie en est déjà prise par la plus haute société.

Rosetta se mit à courir dans sa chambre, en appelant :

— Zanna! Theresa! Lotta! qu'on vienne m'habiller. Vite, vite, vite! Préparez la gondole. L'abbé, courez me retenir ma loge. Zanna, donnez-moi mon masque. Dépêchez-vous, grands dieux! dépêchez-vous. Partez-donc, l'abbé! Vous n'êtes pas encore parti? Il n'y aura plus de places! Mon éventail, mes gants, mon bouquet. Bon, l'abbé est parti. Gondolier, chez la signora Cattarina Cornaro!

Et la gondole partit et arriva; Rosetta s'élança avec vivacité vers le sofa où était couchée son indolente amie.

— Je viens te chercher pour que nous nous promenions, lui dit-elle; puis j'ai chargé l'abbé de nous retenir une loge au théâtre de Saint-Ange, pour voir une pièce qu'il m'assure être fort belle.

— En effet, répondit Cattarina, qui savait toujours tous les bruits de la ville, on parle beaucoup de cette représentation. Il paraît même que le Scaramouche est assez bien tourné.

— Vraiment?

— On le dit.
— Il faut voir cela.
— J'y consens.
— Nous partons?
— D'accord.

Et, comme deux oiseaux, les charmantes filles s'élancèrent dans la gondole et s'y assirent. En passant dans le canal Saint-Georges, la signora Cornaro dit à son amie :

— Voilà ton beau fiancé.

En effet, une gondole élégante longeait la leur en ce moment.

Rosetta étouffa un bâillement profond avec son éventail, et répondit :

— Ah! charmante, si tu savais comme il m'ennuie! Cachons-nous de peur qu'il ne nous voie.

— Il n'a garde, répondit Cattarina : ne t'aperçois-tu pas qu'il est absorbé dans une conversation intime avec la Fiorella, prima dona du théâtre de Saint-Jean-Chrysostome?

— Il a donc toujours cette Fiorella? dit nonchalamment la future épouse. Quelle fidélité! Ah! voilà l'abbé. Gondolier, approchez du traghetto. L'abbé, sautez, et ne perdez pas votre perruque. Là, bien! Les billets?

— Les voilà, Excellence.

— Hâtons-nous!

La salle où Scaramouche et sa troupe donnaient leurs représentations était loin d'être digne du public d'élite qui s'y était réuni ce jour-là. Cependant, on paraissait faire peu d'attention à la rusticité du local, et de tous côtés on préludait par des rires de bon aloi au plaisir que l'on paraissait certain d'avoir et qu'on eut; car jamais Polichinelle n'avait été plus vantard et plus colère, Tartaglia plus niais, Arlequin plus vif, Pantalon plus lourd et plus fin, Colombine plus jolie; mais que dirai-je de Scaramouche? Rappellerai-je qu'il fit pâmer un inquisiteur des Dix, qui de son existence n'avait ri, et que le morceau de musique qu'il chanta — car l'abbé avait eu le bon sens d'exploiter la voix magnifique que Matteo possédait à son insu — fit déclarer que, si ce garçon-là travaillait, il irait loin. De toutes parts ce ne furent qu'applaudissements et, en sortant du spectacle, les nouveaux acteurs furent portés aux nues. Le comte Foscari décida que Colombine était digne d'attention; mille guitares s'accordèrent pour elle; quant à Rosetta, elle trouva Matteo si charmant, si charmant... (ma foi, j'ai peur que le lecteur, ne craigne un conte de fées!); elle le trouva, dis-je, si charmant qu'elle ne dormit pas de la nuit, se tourna et retourna sur sa blanche couchette et mangea des confitures jusqu'à l'aurore pour s'occuper.

Le jour venu, elle envoya chercher l'abbé; et, après quelques circonlocutions qui l'étonnèrent elle-même, tant elle avait la bonne habitude de céder à tous ses caprices, elle lui déclara qu'elle avait envie de voir un théâtre derrière la toile et qu'il *fallait* qu'il la conduisît à celui de Polichinelle. L'abbé pâlit à cette proposition plus que hasardée; il balbutia, puis trouva, dans sa stupéfaction, la force de se roidir; mais tout cela fut inutile : la résistance rendit à la belle Vénitienne sa force d'âme, et elle insista si bien que, quelques minutes après l'entrée de l'abbé au palais Tiepolo, Scaramouche et ses compagnons virent arriver au milieu d'eux le digne Corybante donnant le bras à un masque dont la taille semblait assez bien prise.

Cette entrée parut singulière au fantasque Arlequin, car la pureté de mœurs de l'abbé était hors de toute atteinte. Mais surtout, ce qui étonna tout le monde, c'est que le joli masque ne quitta pas le bras de son protecteur, tandis que le protecteur paraissait fort embarrassé de sa personne, ménageait ses paroles comme des perles, et appelait Polichinelle Excellence. On était en train de répéter; sur l'invitation spéciale de l'abbé on continua. Par une sorte d'instinct, de coquetterie, pourrais-je dire, Matteo fut sémillant au dernier point, tant et tant que Colombine, qui voyait tout, lui dit bas en lui montrant le masque: « Gare au cœur! » La répétition finie, le masque parla bas à l'abbé et l'abbé dit : « Nous partons! » Tartaglia, qui ne comprenait jamais pourquoi le timbre d'une horloge frappait douze coups quand l'aiguille était sur douze, lui répondit brutalement : « Eh bien, va-t-en! » Scaramouche escorta galamment les visiteurs jusqu'à la porte, et l'abbé, avec une répugnance visible, lui jeta ces paroles : « La signora vous invite à vous promener quelquefois sur la Piazzetta vers neuf heures. »

O premières sensations de l'amour, qu'on vous a décrites de fois avec justesse, et que vous serez encore décrites à l'infini! Matteo se promena sur la Piazzetta; Matteo aima; une gondole venait le prendre à l'heure dite; il y trouvait le masque et l'inévitable abbé qui se chargeait des réponses et qui bientôt accapara aussi les demandes; car plus Matteo voyait sa silencieuse et invisible divinité, plus il devenait amoureux et — le mot est difficile à dire mais il est vrai — plus il perdait le sens. Que ces promenades étaient délicieuses! Pendant deux heures, dans le plus absolu silence, on fendait les ondes de la lagune, et rien dans cet accord parfait de deux cœurs, rien absolument ne se faisait entendre que les prosaïques bâillements de l'abbé.

Matteo le torturait; tous les jours c'était

une nouvelle instance pour obtenir le nom de sa belle; une fois même, il lui proposa de l'étrangler. L'abbé se moucha et lui tourna les talons.

Et vous croyez que Rosetta n'avait pas trouvé un but à son existence? Vraiment elle était heureuse comme dix reines et cent princesses. L'abbé la tenait au courant de toutes les folies que le pauvre Scaramouche accumula bientôt et, comme elle sentit le besoin de faire partager son bonheur à quelqu'un, elle prit pour confidente la belle Cattarina Cornaro, et toutes deux riaient à la journée du comédien amoureux. On discutait gravement le genre de faveur qu'on lui accorderait; un jour, c'était la silencieuse promenade en gondole; un autre jour, une rencontre fortuite sous les arcades sombres des Procuraties; on lui pinçait le bras et l'on s'éloignait rapidement. Divine plaisanterie! vous faites le bonheur de la jeunesse!

Dans tout cela le plus malheureux, c'était ce bon Corybante.

Cependant, comme on ne peut manquer

de trouver la vérité lorsqu'on la cherche avec ardeur, Matteo, après de longs calculs, avait découvert que sa maîtresse invisible était la femme d'un marchand de soieries qui demeurait à l'angle de la rue San-Giuliano et dont les jalousies étaient toujours hermétiquement fermées. Peste! je le crois; elle recevait tour à tour ses trois amants. Il fit part, bien entendu, de cette belle découverte à l'abbé et elle causa de vifs éclats de rire.

Hélas! il en vint à un tel degré d'amour qu'il méprisa l'insouciance heureuse et sans fatigue dans laquelle il avait vécu jusque là. Il se prit à rêver palmes et couronnes. « Ah! pensait-il, on dit que ma voix est belle et douce. Si je pouvais la rendre assez mélodieuse pour en faire un appeau à l'amour!... Ne serais-je pas plus digne d'être aimé? N'a-t-il pas fallu tout le génie d'un ange de bonté pour deviner sous ces habits grotesques tout ce que je suis peut-être! O ma déesse, ô puissance encore inconnue qui me tires de la poussière, qui m'élèves à la gloire, je ne serai pas ingrat envers toi! je travaillerai! je... »

Le tout était débité en regardant les étoiles et les larmes aux yeux, comme cela se pratique généralement. Il confia son amour et ses projets à la belle et bonne Colombine. Elle pleura beaucoup ; car, à seize ans, on n'aime pas à perdre un ami ; elle lui conseilla de se défier de cette passion, n'augurant rien de favorable d'une femme aussi mystérieuse ; et enfin elle lui dit avec un gros soupir :

— Travaille ta voix, mon bon Matteo, réussis et pense à nous.

Scaramouche profita beaucoup avec les nouveaux maîtres qu'il se donna. La danse surtout et l'escrime firent de lui un des hommes les plus élégamment gracieux qui se pussent voir. Il n'apprit pas bien moins la grammaire et la belle prononciation toscane ; bientôt on n'eût pu le reconnaître pour le grossier comédien qui, à un an de là était arrivé à Venise. Non ; sa main, désormais blanche et délicate, devint habile à faire naître l'harmonie sur le luth et sur la guitare, sur le violon et sur la difficile épinette. Sa voix incisive et sonore, dirigée par un maître célèbre et par son goût naturel, atteignit bientôt un grand degré de souplesse. Enfin la nouvelle de ses progrès se répandit de jour en jour par toute la ville où Scaramouche était adoré, et le bruit d'une heureuse semaine fut que le sans égal Matteo Cigoli, quittant les planches de la comédie, allait débuter sur la scène plus noble de l'Opéra, au théâtre de Saint-Jean Chrysostome.

Et c'était l'amour qui avait opéré cette merveille. Si j'étais un écrivain classique, je pourrais ajouter une phrase plus ou moins fleurie, dont le sens serait : le petit drôle en a fait bien d'autres.

Pendant le temps que j'ai mis à vous tenir au courant des immenses travaux accomplis par Scaramouche, je n'ai pu vous raconter le sort du mobile de ces mêmes travaux, de son amour ; et, comme je n'aime point à retourner sur mes pas, sachez seulement qu'il avait été de mal en pis, c'est-à-dire qu'il était plus fort que jamais. Du côté de la signora Rosetta, les choses ne se passaient pas tout à fait ainsi ; cependant la nouvelle des succès de son amoureux, l'idée que c'était pour elle que cela était ainsi, l'avaient flattée ; et une fois, ô bonheur suprême pour un amant! au moment où elle sortait de la gondole pour s'éloigner, elle s'était écriée d'une voix haute et intelligible :

— Bonsoir, monsieur!

Matteo faillit, de joie, en faire une maladie.

Cependant, à Venise, tout se sait. Le cavalier Tiepolo, oncle de la belle héritière, avait appris de bonne source que sa nièce commettait des légèretés capables de la compromettre ; il en avait averti le fiancé Foscari qui avait ri aux larmes du récit de l'intrigue ; car l'abbé, soumis tout d'abord à un interrogatoire, avait avoué, avec force pleurs de repentir, que les amoureux n'en étaient à se parler que depuis deux jours. Du palais Foscari on s'était transporté en corps chez la signora Cattarina ; elle avait achevé d'exalter la gaîté de l'oncle et du fiancé en leur confirmant les faits ; et tous ensemble on s'était rendu chez la belle héritière, qui, aux premiers mots, avait ri à se tenir les côtes.

Je ne sais cependant par quel caprice cette preuve de froideur parut ou insuffisante ou bizarre à messire Foscari, généralement peu jaloux; il demanda des preuves, et la Vénitienne promit de lui en donner.

Effectivement, le lendemain, l'abbé Corybante entra dans la chambre de Matteo avec la répugnance d'un chien qu'on fouette : métaphore vulgaire, mais frappante d'exactitude. Il dit à son ami d'un air lugubre :

— Matteo, je viens vous annoncer une bien bonne nouvelle.

— Laquelle, l'abbé? dit le jeune acteur.

— Il m'est permis de vous dire le nom du masque.

— Ah! parlez, parlez vite!

— C'est...

— La marchande de soieries?

— Non.

— Parlez donc!

— C'est la signora Rosetta Tiepolo.

— La pupille de la République, qui demeure sur le grand canal, dans ce palais bâti par le Sansovino? Impossible!

Matteo était anéanti. L'abbé prit une prise de tabac.

— Très possible, plus que possible : c'est vrai. Ce soir, à minuit, elle vous attend à une fenêtre basse ; vous lui parlerez de votre gondole.

— Que de bonheurs! que de bonheurs! s'écria l'amant en frappant des mains avec frénésie ; et je débute demain soir. Ah! l'abbé, l'abbé, vous êtes mon ange gardien.

L'excellent Corybante, qui n'était pas un crocodile, se dit en lui-même :

— Je suis un bien grand misérable!

Et il se moucha. Il se jugeait mal ; il était tout simplement incapable de faire du mal à une puce et du bien à son père, c'est-à-dire le dernier insecte de la création.

La représentation était affichée en grosses lettres par toute la ville pour le lendemain : *Adonis,* par...

Avant de s'habiller pour son rendez-vous, l'ex-Scaramouche alla faire ses adieux à ses camarades. Polichinelle le bouda, puis l'embrassa tendrement. Pantalon l'envoya promener. La mère noble l'appela ingrat, et menaça ses yeux d'une cohésion fort vive avec ses ongles. Arlequin lui donna de sages conseils, et Tartaglia, ayant mis Colombine sous clef, le serra dans ses bras avec transport et lui souhaita beaucoup de prospérité.

Il sortit du théâtre ; le soir vint, puis la nuit, puis minuit.

Rosetta, sans masque, dans toute sa jeune beauté, fraîche comme les roses, était appuyée sur son balcon à l'heure où la gondole de Matteo s'arrêta au-dessous. Les rideaux pourpres de la croisée étaient fermés derrière elle, de sorte qu'elle semblait devoir être toute à celui qu'elle attendait.

Pour Matteo, il osait à peine la regarder ; la beauté de la patricienne était pour lui quelque chose de céleste qu'un regard, pensait-il, pourrait peut-être profaner. Il s'élança cependant hors de la gondole, et se tint debout, les deux pieds sur une pierre sculptée qui ressortait de la muraille, de telle sorte que, la tête au niveau de la fenêtre, il appuyait son bras sur le tapis de Perse qu'on y avait étalé. Il était rouge, embarrassé, ému, heureux enfin!

Rosetta lui dit :

— Quand débutez-vous?

— Demain soir, madame.

— Le cœur vous tremble-t-il?

— Ah! jugez-en, mon amour!... (et il se reprit modestement), ma vie est attachée à cette gloire. Sans elle, je perds tout et je deviens indigne à jamais!...

— Je voudrais bien entendre quelque chose de cet opéra nouveau?

— Je vais chanter, dit-il avec une simplicité pleine de douceur.

Et, se redressant avec une sorte d'inspiration noble et calme, il livra au vent cette cavatine passionnée :

Morir per te non mi doglie...

On assure que le célèbre Marchesi la regardait comme un chef-d'œuvre.

L'oncle Ticpolo, le chevalier Foscari et Cattarina, qui étaient dans le salon, furent quasi attendris par la mélodieuse voix de l'amant; cependant ils revinrent bien vite de leur distraction et, s'avançant tous trois vers la croisée :

— Madame, dit Foscari à Rosetta en tirant le rideau, vous avez convaincu mon amour avec autant d'esprit que de force. Nul soupçon ne m'est plus permis. Et toi, brave garçon, tu chantes à faire envie à un rossignol; avec cela tu grimpes bien aux murs; c'est en considération de ces qualités que tu ne seras pas bâtonné comme tu le mérites; va-t-en en paix, et que je ne te revoie jamais sous mes pas.

Matteo, pendant ce discours, était devenu plus blanc que ses dentelles; car, en voyant Rosetta rester calme et sourire tandis qu'on l'insultait, il lui fallut reconnaître qu'il était victime d'un infâme guet-apens auquel elle avait prêté les mains.

— Gondoliers, approchez! dit l'oncle. Recevez monsieur, ajouta le comte en riant.

Et il le poussa d'une telle façon que Matteo tomba la tête la première dans le canal. Il eut le temps d'entendre le rire de Rosetta se mêler à celui des autres, puis il enfonça dans l'eau verdâtre et s'évanouit.

Ses gondoliers, bonnes gens, au lieu de s'en aller, le retirèrent à grand'peine; il est vrai qu'ils n'étaient pas encore payés; puis, comme ils connaissaient le comédien, ils le portèrent à son logement. On le mit au lit; deux heures s'écoulèrent et il ne reprenait pas connaissance. Le médecin que l'on fit appeler le traita comme un noyé, puis comme un asphyxié, puis comme un mort. Matteo revint à lui sur ces entrefaites; mais il avait reçu un coup funeste. Il eut quelque peine à retrouver le souvenir de ce qui venait de se passer. Son amour le remit sur la voie; son esprit, par habitude, courut à l'image de Rosetta, et, le rire moqueur de la jeune fille lui revenant tout à coup en mémoire, il se mit à pleurer comme un enfant.

La nouvelle de son aventure s'était bien vite répandue. Les acteurs principaux en avaient amusé les oisifs des Procuraties; et Rosetta, craignant comme le feu qu'on ne soupçonnât son cœur d'avoir été pour quelque chose dans cette affaire, s'empressa d'en régaler tous ses amies. L'impresario de l'Opéra n'apprit pas plus tôt l'événement qu'il trembla pour sa représentation du soir; le doge et la Seigneurie tout entière devaient s'y trouver, il n'y avait donc pas de retard possible. Je me trompe : le digne directeur était parfaitement libre de retarder le plaisir de tant de nobles patriciens en courant le risque de passer quelques jours en prison. A tort ou à raison, cette idée lui répugnait. Il prit sa canne et son chapeau et courut chez l'infortuné ténor aussi vite que ses jambes le purent porter.

— Ah! *per lo bambino,* cher seigneur, vous voilà bien malade? Quelle douleur pour moi! quel désespoir! je voudrais être en votre place, mon cher amour! Laissez-moi relever cet oreiller. Vous donnerai-je cette potion? Prenez cette tisane; ah! prenez-la pour l'amour de moi!

— Monsieur, dit la vigilante hôtesse, qui s'était installée dans la chambre du malade pour voir un peu de quoi se composait sa garde-robe, connaissance bonne à avoir en cas de mort, monsieur, on lui a recommandé le repos.

— Le repos? le repos, chère dame? Ah!

le pauvre ami, qu'il se repose! Ne parlez pas, ne parlez pas, mon enfant; reposez-vous bien jusqu'à cinq heures.

— Comment! jusqu'à cinq heures! dit l'hôtesse; est-ce que vous voulez le faire jouer ce soir?

— Moi? non, oh! certainement non. Mais la Sérénissime République, vénérable dame, la Sérénissime République veut qu'il joue! Ah! Seigneur Dieu, s'il ne jouait pas, je serais perdu, ruiné, emprisonné! Il jouera! N'est-ce pas que tu joueras, mon enfant, mon ami, mon fils, mon...? Ah! ah! ah! s'il ne jouait pas, je le ferais jeter au cachot!

— Mort-Dieu! s'écria le malade, va-t'en à tous les millions de diables, je jouerai!

— *Benissime, caro mio,* très bien; je m'en vais. Surtout pas d'imprudence; il est deux heures, jusqu'à cinq heures, vous avez amplement le temps de vous reposer.

Jusqu'au moment de paraître sur la scène, le temps s'écoula pour Matteo dans une espèce d'assoupissement douloureux. Le souvenir de Rosetta jouissant de son humiliation ne quittait pas le cerveau de l'infortuné Scaramouche. Enfin l'heure fatale sonna. L'impresario envoya prendre son ténor; du plus loin qu'il l'aperçut, il ne se fit pas illusion, mais il se dit : « Pourvu qu'il paraisse, on saura bien que le reste ne dépendait pas de moi. »

La salle était remplie : la curiosité de voir Scaramouche devenu le sentimental et infortuné amant de Vénus était universelle. Le doge et ses conseillers, le corps diplomatique, les belles dames, les élégants cavaliers s'encombraient dans les loges tapissées de velours, galonnées d'or, où une illumination a giorno jetait des flots de lumière. L'ouverture obtint un grand succès; cependant on voulait le chanteur et non la musique; le chanteur, le pauvre chanteur, dont le cœur était déchiré pour l'amour d'une femme qui brillait à l'une des plus belles loges.

La toile se leva, Vénus parut. C'était la ravissante Fiorella qui faisait ce rôle; elle fut fort applaudie et elle le méritait; puis vint Mars, le dieu de la guerre. Je me souviens qu'il avait un ventre énorme et des jambes torses; mais, avec cela, une de ces basses formidables, indispensables à un guerrier. Puis vint Adonis : il était pâle comme la fleur née de la dépouille de Narcisse; il s'avança lentement du fond de la scène, et sa démarche était si noble, sa pose si nonchalamment rêveuse et triste, sa pâleur même se mariait avec tant de charme à la couronne de fleurs diverses qui ceignait sa tête qu'un murmure flatteur passa sur toutes les lèvres. Il ouvrit la bouche, étendit les bras vers Vénus, rencontra les yeux de Rosetta... L'orchestre se tut; la salle profondément stupéfaite s'effraya; aucun son ne sortit des lèvres bleues de l'acteur; il fit des efforts inouïs, déchirants, hélas! inutiles. Sa tête se perdit, et il tomba comme foudroyé sur les planches d'où il fallut l'emporter.

Préalablement on le mit à la porte. L'amour lui coûtait : 1º la paix de l'ignorance; 2º sa voix; 3º son pain.

Comme il fallait manger avant tout, opération préparatoire sans laquelle on est bientôt hors d'état de soupirer, il retourna au théâtre de Polichinelle qui, depuis son départ, avait un peu perdu de sa vogue. On l'embrassa, on s'attendrit sur ses douleurs et, agréant sa proposition, on se résolut à quitter l'ingrate Venise pour Florence. La vue des lagunes poignardait Scaramouche. D'ailleurs, le grand-duc de Toscane, homme de plaisir et de goût, qui avait entendu exalter la supériorité de Matteo sur toutes les autres troupes du même genre, faisait depuis longtemps, par l'organe de son envoyé à Venise, de très belles propositions qui, cette fois, furent acceptées. Inutile de dire que le prince fut aussi enchanté des acteurs que l'avaient été les Vénitiens, et que Scaramouche vit commencer l'aurore d'une faveur telle que les courtisans et ses camarades n'en pouvaient prévoir la portée.

Cependant le destin avait résolu de ne pas le laisser en paix de quelque temps. Pour connaître les menées de ce Dieu aveugle, je ramène brusquement le lecteur à Venise, où Rosetta, revenue des frayeurs que lui avait causées son invasion dans la vie théâtrale, recommençait à mener la vie la plus ennuyeuse. Pour surcroît de malheur, l'abbé, ayant hérité d'une de ses tantes religieuses, était parti pour Rome et ne pouvait plus lui servir de jouet. Aussi regrettait-elle beaucoup son petit Scaramouche avec ses airs passionnés si amusants; et elle en faisait d'interminables lamentations avec son inséparable amie.

Un jour, elle apprit que son ex-amoureux obtenait les triomphes les plus flatteurs en Toscane, et que le grand-duc lui avait donné le titre de premier valet de chambre, emploi qui pouvait le mener très loin. Cette heureuse fortune de Matteo lui parut une taquinerie de la destinée à son endroit et, tout en se lissant les cheveux avec sa jolie main, elle dit à la signora Cornaro :

— Veux-tu que je le fasse revenir?

— Revenir! Sainte mère de Dieu! Matteo revenir! Tu n'y penses pas, ma toute charmante? il doit te haïr plus que Lucifer et tu veux te mettre en balance avec les grands succès qu'il obtient, l'argent qu'il gagne et les faveurs dont on le comble ? Permets-moi de te dire que c'est la démence de l'amour-propre.

— Démence ou bon sens, à ton gré, continua la belle enfant; mais, si je veux, il viendra à Venise.

Cattarina continua à nier, Rosetta à affirmer. Pari fait et tenu. Six mois furent fixés pour la durée de la négociation et le plus grand silence juré, attendu que la réputation de la signora Tiepolo aurait pu souffrir si l'histoire s'était répandue. Elle prit la plume et, après quelque réflexion, fit partir le billet suivant :

« *Ingrat! fuir ainsi et m'abandonner à la tyrannie d'une famille soupçonneuse et d'un fiancé jaloux! Revenez; j'ai besoin de voir un ami, peut-être ne voudrai-je plus le quitter quand j'aurai pressé sa main.* Le Masque

Cette lettre fut remise à Matteo au sortir d'une représentation donnée au palais. Il la lut avec la plus louable attention, bien qu'en grinçant des dents et en frappant du pied, car c'était un naturel violent; au bout d'un instant, il se calma et reprit l'épître sur laquelle il médita pendant une heure, assis dans un grand fauteuil et buvant un sorbet à petits coups, tandis que ses camarades et Colombine et Barbara bruissaient et cabriolaient dans la chambre.

— Que fait donc le favori du prince? A quoi pense le ministre futur? dit Arlequin.

— Vous répétez toujours la même chose, répondit Matteo rêveur.

— Voyez donc le dissimulé, reprit Colombine; il connaît bien l'histoire de Farinelli et il sait qu'il vaut tout autant.

— J'ai grand besoin d'aller à Venise, murmura Scaramouche en se parlant à lui-même.

— A Venise! à Venise! s'écria la sage et prudente assemblée avec stupéfaction; es-tu devenu fou?

Non, j'ai des affaires à régler.

— Des affaires d'intérêt sans doute, observa ironiquement Tartaglia, avec le directeur de l'Opéra.

— Je te casse la tête si tu parles de ce damné théâtre, dit Matteo furieux et brandissant une chaise au-dessus du crâne du malencontreux jaloux; quelle que soit la raison que j'en aie, je veux aller et j'irai à Venise.

Il prit son chapeau et sortit pour se rendre au palais et demander au grand-duc un congé pour lui et pour sa troupe; je dis *sa,* car il en était directeur, et c'était justice. Si Polichinelle, en costume civil, pouvait se pavaner dans un bel habit de velours coquelicot, si le sombre Tartaglia avait pu garnir de verrous dans toute sa hauteur la porte de ces dames, si ces dames elles-mêmes prodiguaient tout le satin, la soie, le brocart, les fleurs et la toile d'argent dans leurs atours, c'était incontestablement à l'esprit incomparable du cent fois spirituel Scaramouche que tous en étaient redevables.

Le duc reçut Matteo gracieusement comme à son ordinaire.

— Eh bien, dit Son Altesse, trop délicieux Scaramouche, que nous veut Votre Jovialité?

— Monseigneur, répondit le saltimbanque touché de cette bonté parfaite, et s'inclinant avec émotion sur la main de l'illustre prince, j'oserai solliciter de Votre Altesse un moment d'entretien.

— Volontiers, Matteo. Messieurs, dit-il à ses courtisans, laissez-nous seuls un peu.

On put voir de loin le comédien s'exprimer avec les gestes d'une personne qui raconte. Le prince riait, puis bientôt sa gaieté fit place à une attention plus grave ; il parut laisser échapper des paroles de blâme, puis de compassion, puis enfin refuser une demande. Mais, quand il se rapprocha de la compagnie, on l'entendit s'exprimer en ces termes :

— Puisque tu y mets tant d'obstination, je consens ; emmène-les tous, mais souviens-toi bien que ton absence ne doit pas dépasser quelques semaines, sous peine de tomber dans ma disgrâce. Mon trésorier te portera ce soir 6.000 livres : accepte-les comme don de voyage.

— Le bon prince! comme il fait le bonheur de ses peuples! disait dame Barbara, en essuyant méthodiquement une larme qui n'était pas sur son vieil œil, tandis que Matteo racontait cette particularité et que Pantalon déplorait la perte de la veuve d'un conseiller. Scaramouche, pressé de partir, n'écouta aucune réclamation ; et, aidé de l'honnête Polichinelle, il eut bientôt déterré un carrosse commode, deux voitures de suite et un fourgon pour le bagage, de sorte que le lendemain, de grand matin, la caravane se mit en route pour Venise, où, après un voyage qui n'offrit aucune particularité remarquable, la bande arriva en parfait état de conservation.

Sitôt que la signora Tiepolo apprit l'arrivée de son soupirant, elle n'eut rien de plus pressé que de prendre sa mantille et son loup, de se jeter dans sa gondole et de se faire conduire chez Cattarina :

— Ah! divine, lui dit-elle d'un petit ton triomphalement railleur; le voilà, notre infidèle! notre amant transi! notre amoureux frénétique!

— Que dis-tu?...Matteo!...

— Matteo, lui-même, belle confidente! Serait-ce le Grand Turc, par hasard? Il est vrai que, si je me mettais en tête de le marier avec la République, j'y réussirais certainement.

— Bah! Matteo est à Venise! répéta la patricienne avec le plus grand étonnement. Ce gaillard-là n'a donc ni entrailles, ni amour-propre, à défaut de fierté?

— Ah! oui, fierté! un comédien! Pour toucher le bout du doigt d'une dame, ces gens-là tueraient père et mère; mais je viens te chercher; il va sans doute venir; allons chez moi.

— Que prétends-tu faire, étourdie?

— Moi? rien; quand j'aurai ri, je l'enverrai...

— Je comprends que tu l'enverras promener. Mais, tiens, à vrai dire, ce retour si prompt m'étonne et je m'attends à quelque ennui.

— Je voudrais bien qu'il fît le fier, dit l'arrogante Rosetta; il prendrait un second bain dans le canal.

Cependant, au milieu de tous ces discours, Cattarina avait appelé ses femmes; une toilette élégante avait remplacé le déshabillé paresseux où l'avait trouvée son amie; et elles partirent.

Les deux dames s'attendaient à trouver Matteo sur leur route ; elles ne le virent pas. Arrivées au palais Tiepolo, elles s'informèrent ; il n'était pas venu. Lecteur, je ne te tiendrai pas longtemps dans l'ignorance ; Matteo était en ce moment dans une des prisons du palais ducal, et voici comme. A peine arrivé à Venise, il nous a échappé ; nous allons retourner à lui. Il se leva de bonne heure, fit venir un coiffeur et, s'étant fait poudrer convenablement, il mit sa veste ventre de biche brodée — veste sans égale lorsqu'elle dessinait sa taille svelte et souple — et ce magnifique habit de velours prune pailleté d'argent qui, depuis, a fait tant de victimes. Il donnait un dernier coup d'œil à sa toilette quand Colombine entra et, le voyant en si grands frais d'élégance, s'écria de la porte :

— Eh ! bon cher Jésus ! où vas-tu, mon Adonis ?

— Où irais-je, Colombine, répondit gravement Scaramouche, sinon chez cette ingrate, cette infâme, cette...

— Trêve d'épithètes, je l'ai reconnue à

la première. Sais-tu qu'en partant je soupçonnais une escapade de ce genre? Tu ne m'as rien confié et dans le voyage je n'ai pu trouver l'occasion de te parler en secret. C'est une grande imprudence, Matteo!

— Peut-être. Tiens, elle m'a écrit; voilà sa lettre.

— Le style en est pressant. C'est une impudente drôlesse; te croit-elle assez bête pour ajouter foi à son maladroit verbiage?

— Probablement, dit Matteo d'un air fat en donnant un dernier coup d'œil au miroir et en glissant avec indifférence un tout petit stylet dans la poche gauche de sa veste.

— Mais que veux-tu lui faire?

Scaramouche prit un ton jovial :

— Rien; lui planter ce bijou dans la gorge.

— Malheureux!... Au fait, tu n'as pas tort. Mais la police? Songe que c'est une patricienne.

— Songe, toi, reprit le jeune homme, avec une fureur sans pareille, qu'elle s'est jouée d'un homme qui ne pensait pas à elle, l'a ensorcelé, l'a rendu plus idiot qu'un idiot ; puis, après l'avoir livré à la risée de ses amis, elle veut reprendre son jouet pour le fouler encore aux pieds ! Ah ! c'est trop !...

Matteo prononça ces paroles avec le plus grand emportement et, s'élançant de la chambre sans écouter Colombine, il sortit de la maison et s'achemina vers le canal pour y prendre une gondole. A ce moment deux messieurs excessivement polis l'invitèrent à arrêter son choix sur la leur, qui était là à attendre, au bord du traghetto ; Scaramouche les remercia gracieusement et voulut continuer sa recherche, car, malgré leurs formes pleines d'aménité, ses interlocuteurs avaient des figures passablement patibulaires ; alors ils lui firent observer qu'ils avaient l'honneur d'appartenir aux trois inquisiteurs d'État, lesquels étaient fort désireux de l'entretenir. Le pauvre Matteo frémit de tout son corps et, comprenant qu'il était impossible de ne pas se rendre à une telle invitation, il entra dans la malencontreuse gondole et vint débarquer à une porte assez basse, sombre, et à laquelle il trouva un aspect très maussade. On le fit monter par un escalier éclairé au moyen de lampes fumeuses, attendu que le jour arrivait mal ou n'arrivait point à travers les murs épais ; et, toujours guidé par les deux messieurs si polis, il fut introduit dans un petit cabinet où on le laissa seul.

Dire qu'il se hâta, aussitôt qu'il fut assis, de réfléchir à sa position, ce serait lui faire copier tous les prisonniers présents, passés et futurs ; or je désire lui voir une nature d'exception, et en route il avait fait ce raisonnement très simple : un pauvre diable de comédien comme moi ne peut avoir affaire aux trois inquisiteurs à moins de complot ou de crime d'État ; or il est facile de prouver que je n'ai conspiré ni en action, ni en pensée, ni même en paroles ; si, supposant que je voulusse du mal à Rosetta, on m'eût arrêté par précaution, j'aurais tout bonnement comparu devant la « quarantie » criminelle, et non devant Eaque, Minos et Rhad... « Au fait, avait conclu Matteo avec beaucoup d'esprit, attendons et ne nous troublons pas, parce que ma main serait tantôt mal assurée. »

Il terminait ce consolant monologue, lorsque la porte s'ouvrit ; deux geôliers vinrent le prendre et, après quelques tours et détours dans des corridors dont la description serait peut-être de rigueur, il arriva dans une grande salle où il ne fut pas peu étonné de trouver, outre les figures rébarbatives des trois juges et des familiers, et la mine plombée d'un grand coquin dont l'air paraissait assez décontenancé, les figures joviales, bien qu'un peu stupéfaites, de ses camarades, bravement encadrés dans une bordure de sbires le sabre au poing.

— Matteo Cigoli, dit Scaramouche, commença le président d'une voix non moins digne que nasillarde, avant de répondre à nos questions, pénétrez-vous bien de cette vérité : comme Dieu, dont il est le représentant sur la terre, le vénérable Conseil n'ignore rien ; aucun détour, aucun mensonge n'est impénétrable pour lui, et ce que, dans votre intérêt, vous pouvez faire de mieux, c'est de dire toute la vérité. Déclarez-nous donc le jour où vous avez été pour la première fois chez l'ambassadeur d'Espagne.

Matteo répondit :

— Illustrissime juge, je ne connais pas du tout ce digne seigneur.

— Coquin! s'écria le magistrat avec un air de dignité tout à fait imposant, ne cherche pas de subterfuges. Quand as-tu vu l'ambassadeur d'Espagne? Quand as-tu transporté chez lui huit caisses contenant des fusils, des canons et même des couleuvrines? Réponds catégoriquement.

L'étonnement de Matteo était devenu démesuré : cependant il se posa en victime, les deux pieds joints, les mains unies, le dos légèrement voûté, comme surchargé du poids d'une fortune adverse, la tête pendante sur la poitrine, et il fit cette courte harangue :

— Mon digne seigneur, si vous voulez faire comparaître l'envoyé de Florence, il vous dira que je n'ai quitté son maître que depuis huit jours; que nous avons cependant habité cette ville auparavant, mes camarades et moi, et que jamais, pauvres artistes que nous sommes, nous n'avons cessé de mériter la confiance de l'Illustrissime République.

— Mais vous, Matteo Cigoli, dit Scaramouche, interrompit un second inquisiteur, vous ne nierez pas avoir eu personnellement des rapports avec des patriciens?

— Au contraire, *Illustrissimo,* je le nie.

— Qui donc aurait écrit cette lettre? s'écrièrent en chœur les juges en montrant le brouillon de l'épître de Rosetta. Qui donc aurait caché sous une correspondance galante le fil d'une intrigue coupable?

— Ma foi, monseigneur, puisqu'il s'agit du sort de tous mes camarades aussi bien que du mien, je vais vous narrer cette histoire.

Là-dessus, sans leur faire grâce d'un détail, depuis la visite première de l'abbé et du masque jusqu'à la chute de l'opéra d'*Adonis,* il raconta toute sa liaison avec la belle patricienne; puis, pour donner un nouveau poids à sa déclaration, en disant ce qu'on ne lui demandait pas, il exhiba le lettre, la remit à ses juges; et, en racontant la douleur et la honte qui n'avaient cessé de le poursuivre depuis la scène du plongeon, et la rage qui s'y était jointe depuis la nouvelle preuve d'outrecuidance de Rosetta, il se mit, avec une vivacité vraiment italienne, à pleurer, à crier, et il raconta tout du long la manière dont il avait résolu de se débarrasser de la perfide, quelques signes d'effroi que laissât échapper son inébranlable amie, la fidèle Colombine.

Lorsqu'il eut terminé son récit, les trois inquisiteurs se mirent à se consulter entre eux à voix basse. Le colloque dura longtemps; mais enfin il finit, et celui qui avait presque toujours parlé, appelant un familier, lui dit quelques mots à l'oreille et s'adressa ensuite à l'assistance en ces termes :

— Le Conseil n'ignore rien; les choses les plus cachées sont bientôt découvertes par sa haute sagesse. Il sait que le nommé Domenico Ragazzo, observateur des Dix, s'est trompé, sciemment ou à son insu, dans sa déposition; il le condamne aux plombs pour le reste de ses jours. La troupe d'histrions, à savoir Polichinelle, Tartaglia, Colombine, Barbara, Arlequin, Pantalon et l'Amour seront immédiatement mis en liberté et bannis à tout jamais de Venise, d'où ils devront sortir dans les deux heures qui vont suivre. Quant à Matteo Cigoli, dit Scaramouche, il sera remis entre les mains d'un huissier du Conseil, pour que les ordres du dit Conseil soient exécutés dans toute leur plénitude.

Cela dit, les trois juges se retirèrent. Domenico Ragazzo, l'observateur qui s'était trompé, fut emmené à son nouveau domicile, et toute la troupe, moins Matteo, fut mise à la porte du palais ducal. Colombine croyait bien que c'en était fait de son pauvre Scaramouche; Polichinelle essayait de tromper sa douleur en se bourrant le nez de tabac, ce qui le faisait éternuer, et Arlequin, mécontent de l'air de béatitude que ne pouvait dissimuler Tartaglia en se voyant débarrassé d'un aussi épouvantable rival, s'était uni à Pantalon, qui déjà se distrayait en lui infligeant son pied dans la chute des reins.

Cependant Matteo, livré à son guide silencieux, avait été également conduit hors du palais ; une gondole élégante s'approcha ; le familier souffla deux mots dans l'oreille du gondolier et l'on partit.

— Tenez-vous de manière à ce qu'on vous voie du dehors, dit gravement l'huissier en s'enfonçant dans un coin.

Matteo obéit.

Il était environ cinq heures de l'aprèsdînée. Cattarina et Rosetta, lasses d'attendre, étaient cependant restées à la croisée, et l'oncle Tiepolo et le fiancé Foscari badinaient avec elles.

— Par la Vierge, dit tout-à-coup Foscari, quel est ce gentilhomme qui se pavane dans une gondole? C'est un étranger, je pense ; mais j'ai vu cette figure-là quelque part.

— Ce gentilhomme, dit Tiepolo après l'avoir examiné avec attention, ce gentilhomme est Scaramouche.

Rosetta échangea un brillant regard avec son amie ; ce regard voulait dire bien des choses! Le triomphe, l'orgueil, la moquerie s'en disputaient l'éclat; mais aussi le dépit de se voir si bien et si mal à propos entourée.

— Je crois vraiment, s'écria le fiancé, que la gondole s'arrête ici! Le saltimbanque aurait-il pris la passion des bains froids?

— Comment! il revient encore! répondit l'oncle Tiepolo.

— Précisément, répliqua Foscari. Quelle effronterie! Que diable peut-il avoir à nous dire?

— Mais, interrompit Cattarina, quel est ce petit homme noir qui entre avec lui?

— Est-ce que ces faquins-là n'ont pas des laquais comme nous? observa dédaigneusement le vieil oncle.

— A coup sûr, reprit la belle Rosetta, ce n'est pas son laquais, car il fait bien des façons pour le laisser passer devant.

La compagnie se perdait ainsi en conjectures quand les arrivants furent introduits.

— Au nom du Conseil des Dix, s'écria l'huissier, qui avait un fausset très remarquable, Rosetta Tiepolo, patricienne de

Venise, Votre Excellence connaît-elle cet homme?

A cette redoutable interpellation, Rosetta pâlit étrangement. L'oncle et le fiancé reculèrent et Cattarina, prenant son voile, se hâta de sortir. L'huissier ne s'y opposa pas. Après quelques minutes d'attente, Rosetta répondit d'une voix faible :
— Oui.
— Avez-vous écrit cette lettre?
— Oui.
— Le Conseil, considérant que la Sérénissime République, votre marraine et tutrice, doit prendre soin de votre honneur et ne peut vous permettre de le compromettre impunément, engage Votre Excellence à se retirer dans le couvent de Sainte-Marie. La gestion de ses biens appartiendra désormais au sérénissime prince.

L'arrêt était dur : payer une plaisanterie — cruelle, il est vrai, mais qui ne l'avait pas étonnamment amusée — de la perte de sa liberté et de ses biens, et de l'acquisition d'une vocation religieuse, était aussi pénible qu'on le peut dire. Mais que faire?

Obéir fut inévitable. Ce qui parut le plus affreux à la fière Rosetta, ce fut la présence de Scaramouche qui, tout généreux qu'il voulût être, laissa voir sa satisfaction. Pour lui, il s'empressait, voyant l'exécution faite, de prendre congé; mais l'huissier, ordonnant au fiancé (assez bizarre commission) de mener Rosetta jusqu'à son couvent, ne voulut pas abandonner Matteo jusqu'à ce qu'il l'eût conduit en terre ferme; là, il le quitta en le priant de se souvenir que, s'il mettait jamais les pieds à Venise, il n'aurait à accuser que lui seul de ce qui pourrait advenir.

Après le départ de l'huissier, Matteo se dirigea vers la plus prochaine auberge; il y trouva ses compagnons qui le croyaient déjà au fond du canal Orfano, et qui eurent tant de joie de son retour que Tartaglia lui-même fut gagné par l'enthousiasme général; ce n'étaient que trépignements joyeux, sauts de carpes, embrassades et cris, ou plutôt hurlements de joie. Cependant le jaloux reprit bientôt l'air le plus lugubre, quand Matteo, profitant d'un instant de silence, s'écria d'une voix émue:

— Mes chers, mes bons camarades, après bien des folies, je puis même dire des erreurs causées par un indigne amour, je reconnais enfin que je n'ai pas de meilleurs amis que vous, de plus tendre affection que toi, ma chère Colombine! Dame Barbara, vos pigeons à la crapaudine étant incomparables, je vous prie de nous en confectionner en y mettant toute la science que vous tenez du cuisinier français, votre défunt époux; mais avant tout, mais surtout je vous prie de m'accorder la main de mon adorable Colombine, à qui je prétends m'unir en légitime...

— Imbécile! lui dit prestement la jolie fille en lui riant au nez, te voilà aussi bête que Tartaglia; embrasse-moi; ne sois amoureux de personne, pas même de ta très humble servante; vivons tranquilles ou plutôt joyeux, et ne nous épousons que le moins possible.

Cela dit, elle se jeta à son cou.

Ce fut un signal général de renouvellement d'embrassades : le souper parut un moment après; puis, après avoir bien mangé et bu davantage, on se mit à dormir et la caravane repartit le matin pour Florence, où le grand-duc, apprenant ce qui était arrivé, la reçut avec plus de ferveur que jamais.

CHAPITRE DEUXIÈME

*Comment Scaramouche empêcha
le Comte Foscari de faire un riche mariage*

LE GRAND-DUC DE TOSCANE SE promena, pendant un quart d'heure d'une matinée de printemps, dans son cabinet tendu de velours rouge; puis, s'étant gratté le front d'un air vivement contrarié, il sonna. Un chambellan entr'ouvrit la porte avec respect, et présenta son visage dévoué et prêt à obéir.

— Qu'on fasse venir M. Cigoli, dit Son Altesse.

Un moment après, Scaramouche s'inclinait devant le prince.

— Je t'aime, lui dit son souverain, et je

crois t'en avoir donné mille preuves. Par toi, mes soirées sont devenues charmantes, piquantes et variées au delà de toute expression; comme auteur, tu es sans égal; comme musicien, sans rival; et même comme conseiller privé, je fais cas de tes avis, bien que tu n'aies point de titre officiel qui t'oblige à me les donner. Rien ne me coûterait plus que de me séparer de toi. Croirais-tu cependant, mon pauvre ami, que la comtesse Bernardina ne peut pas te souffrir? Son antipathie est décidée, et ses boutades à ton sujet sont tellement vives que, tout en la blâmant, je ne puis m'empêcher d'en rire; car tu connais toute la grâce et la causticité de son esprit. Je sais que tu vas encore m'objecter ses avances repoussées par toi, et ta chasteté vis-à-vis de cette belle amoureuse... S'il faut te dire la vérité, je ne crois pas un mot de cette histoire-là! Laisse-moi parler!... Quoi qu'il en soit, Bernardina veut que tu t'en ailles. Tu comprends bien que j'ai résisté avec énergie, avec emportement même; mais enfin la femme qu'on adore — tu le sais, pardieu! comme moi — est une divinité qui n'admet pas la discussion de ses ordres; aussi faut-il que tu partes. Il m'en coûte, et beaucoup; j'ai le cœur déchiré; ton aspect me fait un mal que je ne puis te dire. Adieu donc, mon pauvre Scaramouche; épargne à un prince qui t'aime de pénibles explications; de loin comme de près, je garderai le vif souvenir des moments agréables que je t'ai dus. Adieu, adieu...

Ce disant, le grand-duc tendit la main à Matteo, qui, plongé dans la stupeur la plus profonde, la baisa machinalement et il disparut.

Ce qui distingue tout homme habitué aux brusques revirements de la fortune et, partant, tout homme vraiment digne de ce titre si estimé des anciens Grecs, c'est la facilité avec laquelle il accepte les coups les plus funestes. Scaramouche tourna sur ses talons sans rien dire et se mit en devoir de regagner son logis. Ses camarades, qui, par hasard, s'y trouvaient réunis au grand complet, n'apprirent pas sans le plus vif chagrin la désastreuse nouvelle qu'il apportait; elle était d'autant plus inopportune qu'avec son imprévoyance habituelle la digne compagnie avait d'avance dilapidé les traitements échus et à échoir, et contracté des dettes pour plusieurs milliers de livres.

Or, le prince, en renvoyant les comédiens, ne leur donnait pas un sou. Dame Barbara le qualifia de tyran et de sangsue du pauvre peuple; mais cela ne détruisait nullement la difficulté, tout en prouvant que le bonheur public n'était pas indifférent à l'antique comédienne. Chacun ne manqua pas de proposer son moyen pour sortir de cette terrible gêne; mais, suivant l'usage, le moins extravagant de ces moyens était encore inexécutable. Enfin on venait d'arrêter le plan d'une représentation extraordinaire au profit des pauvres et que devait défrayer une pièce à grand succès intitulée *Castor et Polynice :* Colombine devait remplir le rôle du grand prêtre Polysperchon, et toute la troupe couvait déjà des yeux l'idéal de la recette, quand la destinée jugea à propos de renverser cette dernière espérance.

Elle entra, la malicieuse, sous l'humble contenance d'un valet de chambre du grand-duc, aux livrées de la marquise Bernardina et remit à Matteo un papier plié, d'une couleur désagréable. C'était un ordre du chef de la police, engageant les comédiens à partir le soir même et redemandant les clefs du théâtre sur lequel ils avaient si longtemps paradé. Ce fut un concert unanime de gémissements et de plaintes. Arlequin et dame Barbara, se tenant étroitement embrassés, versaient d'abondantes larmes; Polichinelle et l'Amour criaient de concert comme les estropiés un jour de foire. Pour Tartaglia, sa douleur passait toutes les bornes, et lorsque Matteo, Pantalon et Colombine, qui s'en étaient tenus à une morne consternation, jetèrent un coup d'œil sur le désespoir général, ce furent aussi ses gémissements qui les étonnèrent davantage. Il se tenait couché sur le sofa, embrassant un coussin avec fureur, criant et pleurant et frappant le bois avec ses pieds, à coups redoublés.

— Que diable! imbécile, lui dit en

riant Matteo, ne peux-tu te comporter d'une manière plus décente? Le chagrin n'excuse pas tout : et n'as-tu pas honte de t'abandonner, comme un enfant, à tes lubies?

— Cela vous est bien facile à dire, en vérité, répondit Tartaglia en gémissant. Vous en serez quittes pour courir les grandes routes et pour mourir de faim; vous ne risquez pas la prison comme moi.

— Nous ne risquons pas la prison! dit Polichinelle d'un air indigné. Et qui donc, si ce n'est moi, doit mille ducats à ce damné parfumeur qui demeure en face? Le pâtissier d'Arlequin n'a-t-il pas obtenu une prise de corps contre lui? Colombine n'est-elle pas brouillée avec sa modiste, Barbara avec la crémière, Pantalon avec le carrossier et jusqu'à ce pendard d'Amour avec le plumassier?

— Holà! holà! continua Tartaglia en pleurant plus fort, vous n'avez pas vu que ce damné domestique vient de me remettre une missive; sa maîtresse s'imagine que c'est ma pauvre langue qui a raconté au prince son intrigue manquée avec Matteo et elle m'informe qu'avant une heure je serai au cachot, pour ce qu'elle appelle mes crimes.

Il avait à peine terminé qu'un coup violent ébranlait la porte de la rue. Colombine courut à une petite fenêtre et revint en riant aux éclats.

— Sauve qui peut! dit-elle; le plumassier, le pâtissier, le parfumeur, le carrossier, la modiste et la crémière, le tout soutenu d'un piquet de fantassins, à l'adresse de Tartaglia, assiègent la maison! Envolons-nous, mes oiseaux!

Tout le monde fut debout, Polichinelle laissa son chapeau d'homme du monde et sauta sur son costume de théâtre; il n'en trouva qu'une partie, mais ce fut autant d'emporté. Arlequin brandit sa latte, chercha sa bourse et la trouva vide. Il l'emporta tout de même. Barbara embrassa une casserole d'argent, l'Amour prit ses jambes à son cou et tout le monde, y compris Matteo, s'enfuit vers le jardin et en arpenta les allées. Par bonheur, la petite porte était ouverte. Les fugitifs se

jetèrent dans la rue, chacun se sauva de
son côté et, pour se rejoindre, Matteo
cria ce mot d'ordre :

— A Santa-Honorata!

En effet, le soir, assez tard, chacun se
trouva au rendez-vous. Un seul manquait : c'était Tartaglia qui, trop gros
pour courir et moins ingambe que Polichinelle, avait cru faire merveille en se
mettant derrière un arbre et s'y était fait
prendre. Il ignorait, hélas! que cette ruse
découverte primitivement par l'autruche,
n'a jamais sauvé son inventeur. Ainsi
donc, au moment de la réunion générale,
le pauvre garçon se trouvait prisonnier
sous n'importe quel prétexte; mais,
dans le fait, victime innocente et infortunée de la vindicative comtesse Bernardina.

Lorsqu'on eut assez déploré l'absence
du malheureux Tartaglia, on s'achemina,
pour tenir conseil, vers un cabaret champêtre qui étalait sur le bord de la route ses
tonnelles de vigne vierge quelque peu
poudreuse. Matteo fit venir l'hôtelier et,
après un examen assez triste des finances

de la troupe, fit apporter un broc de gros vin de la Romagne et quelques menues victuailles.

La situation, embarrassée quelques heures auparavant, était désormais des plus simples, et c'est là le bon côté des catastrophes. La délibération fut très courte, et voici ce qu'on résolut : d'abord de vendre les habits assez propres dont chaque comédien s'était trouvé couvert au moment de sa fuite ; d'y joindre les quelques anneaux dont Colombine avait ses doigts ornés et, avec l'argent qui en reviendrait, de se procurer des vêtements plus simples et des costumes de théâtre, afin de pouvoir continuer l'exercice de leur profession.

Ainsi pourvu du nécessaire, il fallait se mettre en route au plus tôt pour Naples et ne s'arrêter en chemin que le temps nécessaire pour donner quelques représentations et augmenter ainsi le trésor commun. Naples était l'Eldorado qu'il fallait atteindre à tout prix ; c'était dans cette cité bénie que le sage Pantalon et le judicieux Polichinelle espéraient revoir les beaux jours que ne voulaient plus leur accorder Venise ni Florence.

Arlequin fut chargé de la vente des dépouilles; il s'en acquitta à merveille et le lendemain matin la troupe des ci-devant acteurs revenus à leur état premier de comédiens ambulants, frisant le saltimbanque, se trouva vêtue d'une manière aussi modeste que sa fortune et propriétaire d'une longue charrette où chacun se casa comme il put. Les temps étaient changés, la garde-robe de la troupe n'était ni de velours, ni de soie, ni garnie de dentelles comme par le passé; mais sous la serge et la bure bariolées on avait conservé tout entiers cette verve et cet esprit qui avaient enthousiasmé deux grandes capitales. On se mit donc joyeusement en voyage pour gagner Naples. On cheminait comme au jour où l'on avait rencontré Matteo sur la grand'route : Arlequin faisait cette fois l'office de cocher et laissait dormir le fouet sur le dos de son paresseux cheval, tandis que Polichinelle raclait sa guitare, assis les jambes pendantes sur le devant de la charrette.

Pendant plusieurs jours, nos amis ne rencontrèrent aucune aventure qui mérite d'être rappelée ; je laisse de côté les épisodes vulgaires, les bons ou les mauvais chemins et le séjour des auberges, et je conviens que l'ennui commençait à peser de tout son poids sur la compagnie, habituée aux émotions continuelles par la vie que chacun de ses membres avait menée à Florence. Mais, le soir du quinzième jour, la scène changea, et c'est aussi à cet endroit que je rattache les deux bouts de mon récit.

C'était quelques heures avant le coucher du soleil, et la charrette descendait lentement un chemin creux qui se contournait à chaque instant, de sorte qu'on ne voyait la route qu'à dix pas devant soi. Tout le monde, hormis Matteo, dormait, et surtout le cocher, quand tout à coup des cris lamentables se firent entendre. Scaramouche, surpris, mais brave comme un César, y répondit par un holà belliqueux et, sans attendre que ses camarades fussent bien éveillés, il arrêta le cheval, sauta en bas du chariot et courut en avant.

Voici ce qu'il trouva. Un vieillard richement vêtu était couché dans le sentier. Il ne bougeait pas; il ne prononçait plus un mot. Au bruit que fit Scaramouche en s'approchant de lui, il s'écria :

— Eh bien, monsieur, puisque c'est votre métier, qu'attendez-vous? Fouillez dans ma poche et prenez-y ma bourse! Faut-il que j'aie l'honneur de vous la remettre moi-même?

Matteo protesta qu'il n'avait aucune prétention au bien d'autrui et, avec toutes les formes de politesse imaginables, il remit le vieillard sur ses deux pieds. Celui-ci paraissait étonné; il chercha dans ses poches et trouva apparemment que tout était en bon ordre, car il se dit à lui-même :

— On ne m'a rien pris! c'est donc... décidément il faut m'attendre à tout; mais je ne céderai pas.

Polichinelle, qui s'était approché avec toute la bande, offrit à cette nouvelle connaissance le flacon de sels de dame Barbara; mais le vieillard, sans le regarder et sans lui répondre, ramassa sa canne et s'en alla tout droit devant lui. Les comédiens marchaient derrière en se communiquant à demi-voix leurs sentiments sur ce brusque personnage et c'est ainsi qu'en moins de trois minutes ils se trouvèrent à l'entrée d'un village d'où sortaient deux vigoureux paysans. Les nouveaux venus mirent le chapeau à la main et, s'approchant du vieillard, ils lui dirent :

— Excellence, venez-vous du chemin creux? Le petit Pierre, qui gardait ses chèvres dans le bois, nous a dit qu'on y poussait des cris à fendre les rochers! Que s'y passe-t-il donc?

— Rien, doubles sots que vous êtes! Retournez chez vous et laissez-moi tranquille.

— Ah! répondirent les paysans, d'un air de compassion ironique, c'est quelque nouveau tour de...

— Vous êtes d'impudents menteurs! s'écria le gentilhomme en continuant sa route.

Les paysans se rangèrent de côté pour voir défiler la caravane et, lorsqu'ils eurent reconnu la profession de Matteo et de sa bande, ils en témoignèrent leur joie de mille manières; puis ils partirent en toute hâte pour annoncer dans le village l'heureuse arrivée d'une troupe de comédiens.

A peine s'étaient-ils éloignés que deux autres personnages d'un extérieur respectable se présentèrent sur le chemin et abordèrent le vieillard :

— Seigneur podestat, et vous, seigneur curé, apprenez qu'il vient de m'arriver un nouveau malheur.

— Cela ne nous étonne point, don Geronimo, répondit le curé; jusqu'à ce que vous vous soyez rendu plus raisonnable, je ne doute pas qu'il n'en soit toujours ainsi.

— Cela peut être, répondit sèchement le vieux gentilhomme. Mais deux drôles, que je suspecte depuis longtemps, vont répandre dans le village la nouvelle de ma mésaventure : ne pourrait-on pas en rejeter le méfait sur ces histrions qui me suivent?

Le podestat leva les épaules sans répondre et, s'approchant avec le curé des nouveaux arrivants, il leur fit un compliment de bienvenue qui sentait son amateur forcené de théâtre.

— Vous êtes, si je ne me trompe, de véritables enfants de Melpomène?

— Point! dit le curé d'un air de mépris; oubliez pour aujourd'hui, seigneur podestat, votre goût déraisonnable pour les fades peintures de la vie réelle, qu'il vous plaît de nommer comédies; laissez les gens à courte vue mettre leur plaisir dans la copie léchée et sans grâce de la nature, et apprenez une fois à comprendre l'idéal, dont la comédie de l'art nous présente une des innombrables faces. N'est-ce pas, mes amis, que je comprends bien vos intentions?

Scaramouche allait faire une réponse polie et affirmative; mais Polichinelle se dressa sur la charrette et adressa à la compagnie un compliment macaronique, qui fit rire tout le monde, hors don Geronimo, et qui put convaincre le judicieux curé du talent réel et profond que ses nouvelles connaissances possédaient dans son art favori.

Cependant la charrette allait se remettre

en route pour chercher un gîte, quand le digne ecclésiastique, arrêtant Matteo par la basque de son habit, lui dit :

— Monsieur le directeur, si un dîner de presbytère ne vous effraye pas, je vous emmène afin de faire avec vous plus ample connaissance. Nous aurons pour convives le seigneur don Geronimo, mon digne ami le podestat et un jeune homme que je vous présenterai, et qui n'est pas tout à fait indigne de notre réunion, puisqu'il a jadis écrit pour le théâtre.

On arriva au presbytère; le nouveau convive fut présenté à Matteo, et la surprise et la joie furent égales des deux côtés; car, sous l'habit fort propre d'un homme du monde, Scaramouche reconnut son ancien confident, le cher Corybante.

Il avait des manchettes brodées, un habit gris-perle et l'épée au côté; cette parure annonçait suffisamment que ses affaires étaient dans un état florissant; mais, du reste, son ami le retrouva si pâle et si embarrassé qu'il ne put s'empêcher d'en faire l'observation en riant et qu'il lui dit :

— Pardieu! mon pauvre Corybante, serais-tu donc toujours le souffre-douleur des héritières?

Cette plaisanterie ne réussit point. Le podestat et le curé prirent un air fort sérieux; don Geronimo fronça le sourcil et Corybante devint blême. Sur ces entrefaites, on se mit à table; mais à peine avait-on expédié les premiers mets qu'un gros domestique accourut tout effaré et annonça au gentilhomme que le feu était à sa grange. Tout le monde se leva.

— Vous n'en croyez pas nos avis, don Geronimo, dit le podestat; vous payerez cher votre obstination.

— Cela doit vous être fort indifférent, répondit le vieillard.

Il prit sa canne et sortit.

— Décidément, messieurs, s'écria Matteo que la curiosité exaspérait, votre village est le séjour des mystères; et, pour n'y pas courir le risque de devenir indiscret, il faudrait être muet et aveugle de naissance. Je n'y tiens plus, je vous l'avoue et j'ose vous supplier très humblement de me dire quel est ce don

Geronimo, qui me paraît un entêté fort déraisonnable, d'après vos propres paroles ; qui, à coup sûr, a le langage peu avenant, et sur lequel tombe un déluge incessant de disgrâces.

— Monsieur Cigoli, dit le podestat, je me ferais un vrai plaisir de satisfaire votre curiosité sur ce point, s'il ne fallait pour cela entrer dans certains détails très compromettants pour l'honneur d'une noble famille. Permettez-moi donc de faire le discret ; peut-être les choses en viendront-elles à ce point que le scandale se fera jour, mais jusque là tous les confidents doivent se taire et j'ose même vous demander votre parole de ne parler à personne, pas même à vos camarades, de la manière dont vous avez fait connaissance avec don Geronimo.

Matteo fit un signe d'acquiescement.

Le podestat reprit :

— C'est fort bien, je vous crois honnête homme ; et, comme malheureusement il n'y a pas de temps à perdre, permettez-moi d'engager devant vous M. Corybante à faire une démarche qui ne peut plus être retardée. Levez-vous, mon cher ami, dit-il au jeune homme, qui laissa tomber sa fourchette d'un air consterné ; courez au château et prévenez M. le comte Jean Foscari qu'il ne saurait trop se hâter de conclure.

A ce nom de Jean Foscari, Matteo faillit tomber à la renverse.

— Quoi! dit-il, ce scélérat est ici!

— Comment! scélérat? dit le curé scandalisé. Pesez mieux vos paroles, je vous prie ; M. le comte Foscari est un gentilhomme vénitien fort respectable ; on voit bien que vous ne le connaissez pas.

Scaramouche, en donnant une description détaillée de la personne de son ancien rival, prouva qu'il en savait aussi long sur cet article que les autres assistants et il invoqua même le témoignage de Corybante ; celui-ci ne le démentit point, mais fit la grimace. Scaramouche s'en soucia peu et, après avoir raconté à ses nouveaux amis l'origine de sa connaissance avec ce seigneur, narration qu'il faisait volontiers, il les régala du récit de quatre ou cinq aventures de jeu peu honorables pour le comte et qui d'ailleurs étaient tellement vraies que le pauvre Corybante, interpellé, ne put s'empêcher de joindre son récit à celui de Matteo.

— Pourquoi donc, lui dit sévèrement le podestat, n'avez-vous jamais confié des choses aussi graves à don Geronimo?

— On se fait déjà, sans le vouloir, assez d'ennemis! répondit Corybante en cachant sa confusion derrière un cure-dents.

— Je reconnais le doigt de Dieu dans cette aventure, dit le curé d'un air sentencieux. Je ne vois pas trop, à la vérité, ce qui pourra sortir de tout ceci, mais évidemment il y a quelque chose qui passe ma compréhension et, dans ce cas-là, je m'incline devant la toute puissance. Seigneur podestat, je ne sais si vous partagez mon avis, mais il ne me semble pas juste de laisser un homme aussi indigne que ce Vénitien épouser la fortune de dona Paula. Puisque M. Corybante est un homme sans caractère, ce que je n'aurais jamais cru de lui, le seigneur Matteo saura remplir un devoir; levez-vous donc, monsieur Cigoli; faites-vous conduire au château ; ma gouvernante va vous y mener ; vous raconterez à don Geronimo tout ce que vous m'avez dit et vous aurez eu le double mérite de démasquer un fripon et d'arracher une jeune fille, d'ailleurs peu intéressante, à un hymen qu'elle déteste.

— Votre Révérence peut ajouter à ces deux plaisirs, répondit Scaramouche, la joie de ruiner les espérances d'un traître que je voudrais voir pendu la tête en bas!

Il serra le poing pour assurer l'effet de son imprécation et, précédé de Jacinthe, il s'avança joyeusement vers le château qui s'élevait sur une colline à quelque cent pas seulement du presbytère.

Pendant que tout ceci se passait, la troupe comique laissée aux soins de Polichinelle qui ne manquait jamais de reprendre le commandement lorsque Matteo s'absentait, la troupe comique, disons-nous, avait continué son voyage dans la rue et enfin, après avoir longtemps regardé en l'air, elle découvrit, à l'enseigne de *Sainte-Euphrosine,* une auberge qui parut à nos voyageurs la meilleure du village, attendu qu'elle était la seule.

D'ailleurs le peu d'argent qui restait dans la bourse commune était une raison de ne pas se montrer difficile. L'hôte, actif et intelligent, eut relayé la charrette en un tour de main, et quant aux logements, il fut aisé d'y pourvoir. La maison était petite, mais l'imagination était grande. Dans la cuisine fut servi le repas. Une chambrette devint le partage de dame Barbara et de Colombine, et pour les hommes, il fut décidé qu'ils coucheraient dans la grange où le théâtre fut en outre établi. L'odeur du foin est si agréable! Pantalon et Polichinelle se félicitèrent. Il n'y eut qu'Arlequin qui chercha à réclamer; mais on lui prouva qu'il avait tort et qu'il n'était pas aussi grand seigneur qu'il voulait en avoir l'air devant la servante. A la fin, il se rendit. Les choses étaient ainsi convenues et, pendant qu'on apprêtait le repas, Colombine vint prendre l'air sur la porte. A peine avait-elle jeté un coup d'œil dans la rue, qu'elle vit accourir un jeune garçon bien tourné qui, de la voix la plus insinuante, lui demanda la faveur d'un entretien particulier. A coup sûr, cette demande n'avait rien d'extraordinaire pour Colombine; on la lui avait souvent présentée et j'aime à me persuader qu'en toute innocence elle avait pu y consentir quelquefois; or toujours on avait traité la même affaire. La bonne fille, ne s'imaginant donc pas qu'il pût être question d'autre chose entre elle et le jeune homme si empressé, leva les épaules en riant et se prépara à rentrer dans l'auberge; mais son interlocuteur l'arrêta par sa jupe.

— Vous vous trompez sans doute, mon bel ange, lui dit-il. Il est vrai que je suis amoureux fou de vos beautés et que, pour vous plaire, j'irais aux grandes Indes sur les genoux; mais il ne s'agit pas de cela en ce moment; je veux faire partie de votre troupe; à toute force, il faut que vous m'y trouviez un rôle et, si vous saviez tout mon savoir-faire, je ne doute pas que vous ne m'admissiez avec enthousiasme.

— Tout cela est fort possible, répliqua Colombine; mais je ne vous connais pas et vous m'avez l'air d'un petit effronté bien avancé pour son âge.

— Peut-être plus que vous ne pensez, répondit cavalièrement le jeune homme ; mais réfléchissez à ma proposition et faites en sorte d'y donner une réponse favorable. Là, croyez-moi, je dois avoir l'air de valoir quelque chose ; mais, sans vanité, je tiens plus que je ne promets. Et, entre nous, vous n'aurez à craindre de moi aucune perfidie.

— A bas les mains ! dit Colombine en riant ; voilà un petit bonhomme qui n'a guère plus de quinze ans et qui est déjà bien délibéré.

— Ah ça ! mais, je ne me trompe pas, dit une voix à côté des deux causeurs.

C'était don Geronimo. Il saisit le garçon par le bras, le regarda bien en face et, d'un ton très sec, il continua :

— Ma foi, il y a plaisir à lutter avec vous ; tous moyens vous sont bons ; des petites espiègleries vous passez aux médiocres et de celles-là aux plus grosses ; aujourd'hui vous en êtes à me faire assommer, à mettre le feu chez moi, à... Vous avez peu d'imagination, mon enfant, et vous en venez trop vite aux extrêmes.

Allons, suivez-moi, il est temps de rentrer.

Ce disant, le vieux gentilhomme tira à lui le jeune garçon qui n'eut que le temps d'envoyer, à la dérobée, un baiser à Colombine. De ce moment, celle-ci, jugeant que son amoureux était persécuté, lui fit une petite part dans sa sympathie.

De cette façon, don Geronimo était à peine rentré quand Scaramouche se présenta chez lui. Un domestique l'introduisit dans un cabinet somptueusement décoré, où le vieillard se trouvait assis sur un grand fauteuil, ayant à sa droite une jeune fille qui brodait et vis-à-vis de lui messer Jean Foscari, vêtu d'une manière convenable à son rang, mais cependant avec plus de sévérité que de coutume. Il faut le dire à la honte de notre ancienne connaissance, à force de faire des présents à la Fiorella et à d'autres, à force de mener joyeuse vie et de courtiser le pharaon, sa fortune, naturellement égale à zéro, avait rapidement dépassé cette base négative et il se trouvait, dans ce moment même, sous le coup de plus de cent mille ducats de dettes criardes qu'il lui fallait payer. Voilà pourquoi le comte Jean Foscari cherchait à se marier.

Quand Scaramouche entra et se fit reconnaître, son antagoniste de Venise ressentit quelque trouble. Malgré sa colère et l'intérêt qu'il avait à nier les faits que le comédien s'empressa d'exposer, en s'autorisant de l'avis du curé, il se défendit très mal car, malgré ses vices, il avait de l'orgueil et ne se sentait pas fait pour le rôle d'accusé. Enfin il se laissa démasquer et l'œil dur et sévère de don Geronimo lui dit assez, avant qu'aucune parole lui eût signifié son arrêt, que toute la faveur du vieillard lui était retirée.

— Monsieur le comte, dit enfin celui-ci, vous sentez que nos positions sont bien changées ; je ne me faisais nul scrupule de faire plier la volonté de ma nièce devant la mienne, lorsque je vous prenais pour un gentilhomme aussi honorable de cœur que de nom. Désormais, je vous retire ma parole et dona Paula peut remercier le hasard qui me force à rompre un mariage pour lequel elle montrait assez étourdiment une répugnance irréfléchie.

La jeune brodeuse leva la tête à ces mots et regardant en face le comte Foscari, elle lui dit :

— Vous n'êtes donc point un homme suivant le cœur de mon oncle? amoureux des vieux livres et avare de votre argent?

— Cela me semble assez prouvé désormais, mademoiselle, répondit le Vénitien en souriant amèrement.

— S'il en est ainsi, je ne vois plus d'obstacle à notre mariage, dit la jeune fille avec le plus grand sang-froid, et e vous épouse très volontiers.

— Je m'attendais presque à cette algarade, reprit don Geronimo, et elle ne me déconcerte pas. Quand je voulais cette union et qu'elle était raisonnable, vous n'en vouliez point et vous sortiez de toutes les bornes pour m'y faire renoncer ; aujourd'hui qu'elle devient impossible et que tous mes sentiments s'y opposent, vous la désirez. Avant une heure, vous serez amoureuse folle de monsieur, cela est dans l'ordre ; mais, mademoiselle, vous me connaissez et je ne céderai point.

Sortez, et rentrez dans votre chambre.

Dona Paula se mit en devoir d'obéir; mais, regardant le seigneur Foscari d'un air d'impératrice, elle lui dit en se retirant, de manière à être entendue de tout le monde :

— Je vous aime, et je vous épouserai.

« Quel démon de femme! pensa Scaramouche; et elle semble à peine avoir seize ans! Je n'y entends rien, mais ce que je sais, c'est que ce faquin de Foscari ne l'épousera pas, ou j'y perdrai ma réputation d'homme d'esprit. » Le vieux gentilhomme, après avoir congédié sa nièce, était rentré dans son appartement et le Vénitien, sans regarder Matteo, était parti. Celui-ci crut convenable d'en faire autant, mais, voulant à tout prix s'opposer au bonheur de l'homme qu'il détestait, il s'achemina vers le presbytère et vint demander au curé et au podestat de lui découvrir tous les mystères de cette étrange histoire et surtout celui du caractère déterminé de l'héroïne.

A cette fois, les deux vénérables fonctionnaires ne résistèrent plus; ils comprirent, par ce que leur dit Matteo, que celui-ci tenait déjà une partie des secrets : à quoi bon lui faire mystère du reste? En outre Corybante, dont ils se méfiaient, était retourné au château du vieux gentilhomme, où il avait un appartement; on se pressa donc autour de la petite table, et l'on raconta au comédien ce qu'il avait tant envie de savoir.

Don Geronimo était le dernier rejeton d'une famille qui, sans être illustre, était néanmoins des plus recommandables dans l'ordre de la noblesse. Ses aïeux n'avaient point été courtisans des papes ni des ducs; mais, dans quelques républiques comme Pérouse ou Lucques, plusieurs d'entre eux avaient exercé des charges, quelquefois s'étaient enrichis, plus souvent encore avaient été dépouillés, bannis ou pendus; bref, ils avaient légué à leur dernier rejeton une fortune très honorable et un caractère fort têtu et très entier. Don Geronimo, en se mariant, avait espéré acquérir une nombreuse postérité, mais ses espérances furent déçues; la signora resta stérile et, au bout de dix années qui ne furent qu'un long ouragan, attendu que les deux époux étaient à peu près de la même humeur, la noble dame décéda, laissant son mari dans la cruelle expectative de rendre à sa mort tous ses fiefs au marquis de Bianconero, son suzerain. Rien ne pouvait lui être plus désagréable car, dans toutes les circonstances de sa vie, don Geronimo avait trouvé le marquis sur ses pas : affaires d'amour, affaires d'argent, affaires d'ambition avaient, par une fatalité extraordinaire, placé toujours ces deux originaux nez à nez et, comme le grand seigneur l'avait généralement emporté sur le simple gentilhomme, celui-ci lui en voulait un mal de mort.

Il ne lui restait plus qu'une chance de lui faire pièce, c'était de rechercher si son frère, qu'il avait perdu de vue depuis plus de trente ans, existait encore ou avait laissé des traces de son passage sur cette terre. Une fois cette idée dans la tête, don Geronimo y sacrifia tout. Pendant dix ans il fit les recherches les plus actives et enfin il apprit que don Giulio Torrevermiglia, son frère, avait eu deux enfants de deux maîtresses différentes ; que ce pauvre seigneur avait été tué en duel par le prince Jérôme Boccatoria et que, pour ce qui concernait les deux enfants, l'un était resté aussi inconnu que sa mère, l'autre était la fille d'une bohémienne qui avait reçu l'éducation de sa famille maternelle et qui, âgée déjà de quatorze à quinze ans, courait les grandes routes avec sa tribu, dont elle était le plus bel ornement.

Don Geronimo Torrevermiglia ne fut point effrayé des mœurs patriarcales de sa nièce ; il se promit au contraire un vif plaisir des soins généreux, des combats que nécessiterait la transformation de ce naturel probablement sauvage et, s'étant mis en route pour les Apennins, il eut le bonheur d'embrasser sa nièce, qui vint lui demander l'aumône à l'entrée d'un village. A vrai dire, le marquis de Bianconero courait grand risque d'être frustré de ses espérances, si jamais il les avait eues.

Quand la jeune dona Paula se vit installée dans le château de son oncle, elle commença, dès le premier mois, à donner les marques du caractère le plus impétueux et le plus indépendant. Sans respect pour sa propre dignité, elle aimait à jeter ses livres par les fenêtres, prenait grand soin de maintenir son ignorance intacte; dérobait çà et là ce qui lui faisait plaisir, les pâtisseries, l'argent même, et en accusait intrépidement les domestiques.

Du reste, comme elle semblait faire grand cas des jouissances matérielles et de la vie luxueuse qui l'entourait, don Geronimo, d'ailleurs captivé par l'amour de la lutte, se frottait les mains de satisfaction et espérait bien finir par dompter sa nièce. Ses amis, le curé et le podestat, ne partageaient plus ses espérances, qu'à peine ils avaient nourries pendant les premières années. Le naturel sauvage des bohémiens, l'entêtement de cette race paraissaient avoir pris trop de développement dans le cœur de dona Paula, pour qu'elle pût en revenir jamais. Quoi qu'il en soit, don Geronimo se tenait sûr de son fait et, pour ne rien négliger de ce qui pouvait rendre brillante l'éducation de sa pupille, il écrivit à Rome à un de ses amis, afin qu'on lui envoyât quelque professeur capable de faire de son héritière un sujet merveilleux. L'ami eut la main malheureuse, car il dépêcha au gentilhomme notre pauvre Corybante qui, après avoir déposé le manteau d'abbé par suite de la mort de sa tante, mangeait mesquinement sa succession et qui accepta la place qu'on lui offrait, moitié par faiblesse de caractère et pour ne pas dire non, moitié aussi parce qu'il ne savait que faire de lui-même.

La rusée Paula avait bien vite reconnu le naturel de lièvre de son pédagogue : il était devenu son très humble serviteur ; il vivait sous sa pantoufle de la même manière qu'il avait vécu sous celle de Rosetta ; avec cette différence cependant que cette dernière ne l'eût jamais employé qu'à des étourderies, tandis que sa nouvelle maîtresse était fort capable de le mêler à des entreprises scabreuses. Cependant, malgré toute l'attention possible, l'éducation de l'héritière de Torrevermiglia n'avançait point ; on eût pu croire au contraire que le contact des bons principes exaspérait cette âme endurcie dans le mal, car tous les jours elle devenait pire. La seule chose qu'elle eût apprise, c'était à tirer le pistolet.

Force fut bien à don Geronimo de comprendre qu'il n'en ferait jamais une sainte personne ; et, bien que dans ses entretiens avec le curé et le podestat, il se montrât toujours plein d'espérance, les deux amis s'aperçurent un jour qu'il était à peu près convaincu de l'inutilité de ses efforts, puisqu'il annonça l'intention de la marier. Pour dona Paula, elle reçut cette proposition avec de grands éclats de rire et le refus le plus formel ; elle dit à son oncle et lui fit dire par Corybante que jamais elle ne consentirait à devenir l'esclave d'une poupée : c'était ainsi qu'elle qualifiait tous les honorables gentilshommes des environs ; et enfin elle jura ses grands dieux que, si on la poussait à bout, elle ferait voir ce dont elle était capable. Bien entendu, don Geronimo renferma en lui-même le secret de ce qu'il pensait être des fanfaronnades et il commença ses recherches pour déterrer un homme de bien qui consentît tout à la fois à le débarrasser de sa nièce, ce qui pouvait n'être pas séduisant, et à frustrer les Bianconeri du retour de ses fiefs, ce qui n'était qu'agréable. Nous devons aussi ajouter que, jusqu'à ce moment, hors les confidents intimes de la famille et les domestiques, tout le pays était tenu dans une quasi-ignorance des singulières allures de dona Paula. Son oncle s'en faisait un point d'honneur : il regardait la réputation de sa famille comme engagée à ce que le dernier rejeton jouît d'une bonne renommée ; et si dans le village des propos de laquais avaient réussi à éveiller l'attention, on jasait très bas, de peur d'éveiller la colère implacable du vieux gentilhomme.

Messer Foscari, prévenu de l'existence de la riche Paula et réduit aux abois par ses créanciers, avait pris la poste et était venu offrir sa personne et son nom à don Geronimo. Sur ces deux articles, il n'y avait point de difficultés à faire. Il était beau garçon et des mieux nés. Quant à sa conduite, on sait que la censure eût pu en devenir dangereuse pour sa gloire ; il sut donc habilement en passer sous silence les traits les plus remarquables et la mine austère qu'il affecta de prendre rejeta le reste dans la catégorie insignifiante des aventures de jeunesse. Corybante aurait pu le trahir; mais, outre que le brave homme n'en aurait jamais trouvé le courage, il souhaitait, pour sa part, encore plus ardemment que don Geronimo, le mariage de dona Paula; son plus beau rêve était de s'en voir débarrassé et il soupirait après le jour où la jeune fille, prenant le chemin de l'autel, le laisserait libre de prendre celui de Rome où il comptait aller passer des jours pleins de repos. Le comte Foscari n'avait donc dans la maison que des amis; le curé et le podestat étaient ses alliés pour la même raison que Corybante; et dona Paula seule lui tenait tête.

C'était avoir affaire à assez forte partie. Sûre d'elle-même et parfaitement certaine que son courage ne plierait devant aucune attaque, la jeune bohémienne organisa un système de défense qui la faisait rire aux éclats quand elle était seule dans sa chambre à le combiner. Un jour, elle faisait venir tous les domestiques, en l'absence de son oncle et, soi-disant par son ordre, les mettait tous à la porte; don Geronimo, au retour, était obligé de courir après eux. Allait-on se mettre à table, elle renversait les plats, les assiettes, et faisait un carnage complet de toute la vaisselle; elle ne dédaignait pas même de descendre à la ferme pendant la nuit, d'ouvrir elle-même les étables et de chasser devant elle les bestiaux, qu'il fallait ensuite plusieurs jours pour ramener au complet. Quand le comte Foscari s'aperçut de tout cela, on peut croire qu'il en prît quelque inquiétude; pas le moins du monde. Il en fut ravi. « Toute autre femme me gênerait, se dit-il; pour celle-ci, en la claquemurant dans un cloître, je lui rendrai justice et tout le monde, loin de m'accuser, me plaindra. » Don Geronimo pénétrait peut-être les sentiments de son futur gendre, mais il n'en donnait pas signe et chacun continuait à jouer son rôle : l'oncle promettait le mariage, le futur le sollicitait, et la fiancée faisait le diable. En définitive, que voulait-elle, me demanderez-vous, ami lecteur? Elle voulait que don Geronimo Torrevermiglia la mît à la porte et que sa famille campée dans les Apennins lui rouvrît ses bras et lui rendît sa liberté. Pour cela, jamais elle ne put l'obtenir, comme on va le voir.

Enfin, lorsqu'elle fut bien assurée que ce mariage, qu'elle redoutait parce qu'elle voyait la contrainte au bout, se devait faire, elle se jura à elle-même d'assommer son oncle ou son fiancé. On sait qu'elle y aurait réussi sans l'arrivée inopinée des comédiens. Le reste de l'histoire est connu jusqu'ici; nous n'avons plus besoin que de suivre ce qui va arriver.

Après cette révélation, Scaramouche sortit de chez le curé, tout pensif. Il comprit fort bien que du côté de dona Paula, comme de celui de son oncle, les choses en étaient à toute extrémité et que, si la première voulait sincèrement se marier, elle ne manquerait pas d'accepter un enlèvement que le comte Foscari ne se ferait, lui, aucun scrupule de proposer. Il se promit donc bien de veiller à ce que cela n'eût pas lieu; et, pensant qu'il ne pouvait trop se hâter, il se rendit au château.

Comme il faisait nuit close, la porte en était fermée ; Matteo fit le tour du bâtiment en se tenant pourtant à quelque distance et sous les arbres, afin de n'être point vu. Tout à coup, à quelques pas de lui, il aperçut le comte Jean, qui s'avançait avec précaution vers une partie de l'édifice qui faisait face à l'endroit où était caché le saltimbanque. Arrivé là, le Vénitien fit un signal, une fenêtre s'ouvrit ; à la clarté des étoiles, Matteo reconnut parfaitement Paula ; le comte, en s'aidant d'une treille, escalada le mur, arriva à la fenêtre et sauta dans la chambre. « Comme j'ai bien fait de venir ! pensa le Cigoli. Je vais les laisser dans cet appartement tant qu'ils voudront ; mais, s'ils essayent d'en sortir, je me mets à crier au voleur et il faudra bien que le comte lâche sa proie. »

Il finissait à peine cette réflexion mentale que, d'un autre coin du parc, s'avança un second personnage : c'était Corybante. Il regarda la fenêtre, poussa un profond soupir et, comme un homme qui accomplit un devoir pénible à bien des titres, il s'accrocha aux barreaux de l'espalier et grimpa dans la chambre, comme le patricien l'avait fait avant lui. « Il paraît décidément que cette chambre virginale est comme la place d'armes », pensa Matteo.

Puis il ajouta, comme frappé d'une idée subite : « Puisque tout le monde y entre, pourquoi n'y serais-je pas reçu, moi aussi? Je ne serais peut-être pas un membre inutile de la conférence qui se tient? » Et, sans hésiter davantage, il prit la route que lui avaient enseignée ses prédécesseurs et tomba dans le boudoir de dona Paula, avec la grâce et l'aisance d'un homme auquel pareille manière de s'introduire n'était pas tout à fait nouvelle.

— Voilà un conseiller de plus qui nous arrive, dit la jeune bohémienne sans montrer le moindre étonnement. Donnez-moi votre avis, monsieur le comédien; je voudrais que le comte m'enlevât cette nuit même et il n'y veut point consentir, de peur de se brouiller avec don Geronimo et par conséquent avec sa fortune.

— Chère Paula, interrompit galamment

le patricien, vous vous méprenez étrangement.

— Point, répliqua-t-elle ; je vous connais parfaitement et, si je tiens à vous épouser depuis que j'ai su que vous étiez mauvais sujet, c'est que j'ai trouvé mille manières de vous mettre hors d'état de me nuire comme vous l'auriez pu faire impunément étant homme grave et respecté.

— Mais, madame, en accordant votre main à M. le comte, insinua Scaramouche, quel projet poursuivez-vous?

— De me rendre libre, répondit-elle ; il a de l'argent, je n'en ai point, attendu que mon oncle se méfie de l'usage que j'en pourrais faire et je ne puis m'enfuir assez loin pour ne pas être reprise, si je n'ai quelque bonne somme.

— Qu'à cela ne tienne, reprit Matteo, venez avec nous, nous vous cacherons.

— J'y ai pensé, mon digne Scaramouche ; mais, décidément, votre Colombine me déplaît et je ne serais pas en sûreté parmi vous. Décidément j'épouserai le comte, puisque lui seul peut me donner de l'argent pour ma fuite.

Foscari tomba aux genoux de la belle Paula et jura par tous les saints du Paradis qu'elle se méprenait sur ses intentions, qu'il l'adorait en toute conscience et qu'il faudrait bien qu'elle en restât convaincue. Pour Scaramouche, voyant qu'il n'avait rien à faire dans ce boudoir et qu'il lui fallait de toute nécessité empêcher la fuite des deux amants, il souhaita le bonsoir à la compagnie, repassa par la fenêtre et, quand il se trouva seul dans le parc, il réfléchit profondément à ce qu'il convenait de faire. Avertir don Geronimo, c'était retarder l'événement, mais point l'empêcher. Le gentilhomme, fidèle à son culte pour le nom que portait dona Paula, aurait cherché de mille façons à étouffer tout scandale ; Foscari, éloigné pendant quelques jours, serait revenu ferme dans son projet ; Paula l'aurait attendu et l'enlèvement, tenté une seconde fois, aurait réussi. Décidément Matteo ne vit qu'une seule chose à faire et cette chose était de s'emparer lui-même de dona Paula.

Voici comment il combina cette grande entreprise.

Il courut en toute hâte à l'auberge de Sainte-Euphrosine qu'il n'eut aucune peine à trouver pour la raison que nous avons donnée plus haut et qui obligeait ses camarades à y planter leur tente. A grands cris, il se fit ouvrir la porte, enseigner le chemin de la grange et, secouant vigoureusement Polichinelle et les autres, endormis sur des bottes de paille, il les eut bientôt arrachés aux voluptés du premier somme.

— Es-tu possédé du diable, grommela Pantalon, en s'étirant les bras, pour venir nous faire un pareil vacarme? On dort la nuit et on ne court pas les champs.

— C'est pourtant ce que vous allez tous faire, mes chers amis, reprit Scaramouche.

Il leur raconta comment il avait retrouvé Corybante et le comte Foscari; et il insista sur sa ferme volonté de se venger du patricien en empêchant son mariage.

— Comment t'y prendras-tu? objecta Arlequin, qui aurait voulu soulever des difficultés insurmontables afin de pouvoir regagner sa couche champêtre.

— Voici ce que nous allons faire, dit

Scaramouche; réveillez Colombine et Barbara et partons tous ensemble. Il n'y a qu'une route possible pour sortir de la vallée au bout de laquelle le château est bâti; nous allons nous mettre en embuscade dans un recoin du bois. Aussitôt que nos fugitifs passeront devant nous, chacun s'élancera avec courage, nous les saisirons, nous prendrons le Vénitien que nous attacherons à un arbre, en le bâillonnant pour que personne ne le puisse délivrer avant demain matin; et pour Paula, nous l'emmènerons avec nous.

— Je suppose qu'après cette équipée il nous faudra quitter le village, dit Pantalon, auquel cette extravagance ne plaisait pas.

— Ainsi ferons-nous, continua Scaramouche. Allons, leste! attelez la charrette, payez l'hôte, que ces dames s'habillent et partons.

On obéit et Colombine fit hâter tout le monde; au bout de peu d'instants, on se mit en route. A la clarté de la lune, Arlequin se posait en chef de brigand; Pantalon s'était fait une ceinture redoutable avec sa cravate et il manœuvrait un long bâton, comme s'il eût eu dans les mains la plus terrible des carabines. Cependant on avançait lentement, grâce à la charrette ; et Scaramouche, impatient, précédait la troupe de quelque cinquante pas. Tout à coup, il revint en toute hâte et s'écria :

— Dépêchez-vous ; laissez l'Amour garder la voiture ! J'entends le bruit d'une chaise de poste et à peine si nous arriverons à temps.

En effet, chacun prêta l'oreille ; le bruit rapide des roues et le pas des chevaux retentissaient sourdement sur le chemin couvert de mousse de cette forêt.

Les comédiens coururent ; ils brandirent d'un air effroyable leurs grands bâtons : le postillon épouvanté se laissa tomber sous le ventre des chevaux, la voiture s'arrêta et Scaramouche, ouvrant la portière, s'écria d'un air de triomphe :

— Eh bien, monsieur le comte, vous ne m'attendiez pas?

— Plût au Ciel que le comte fût ici ! répondit en sanglotant la voix bien connue du désolé Corybante : je ne serais pas aussi compromis.

Matteo, stupéfait, détacha une des lanternes de la chaise de poste, regarda dans l'intérieur ; et il n'y vit que dona Paula, qui descendit gaiement le marchepied en s'aidant de sa main, et M. Corybante tout en larmes. Voici ce qui était arrivé : le comte Foscari avait fait préparer sa voiture, dona Paula s'était mise en disposition de partir et, au moment fatal, craignant que son précepteur ne trahît le secret de sa fuite, elle s'était résolue à l'emmener. En vain celui-ci, épouvanté, avait-il protesté contre cette décision, la jeune fille n'avait voulu rien entendre ; elle l'avait fort maltraité et, le menant elle-même à sa chambre, à travers les corridors déserts, elle l'avait forcé de faire son paquet devant elle, tandis que Foscari achevait ses préparatifs. C'est ainsi qu'elle découvrit un secret que Corybante lui avait toujours soigneusement caché. Il avait de l'argent, le rusé ; il avait même quelques milliers de livres ; jamais il n'en avait soufflé mot et s'en était même donné de garde, sachant fort bien l'humeur de son écolière. Mais cette prudence ne le sauva point. Dona Paula bâtit un nouveau projet sur cette découverte. Elle ne se faisait enlever par le comte que pour pouvoir gagner sa liberté; elle trouvait beaucoup plus commode de se passer d'un compagnon auquel, après tout, le pouvoir de la régenter pouvait échoir. Elle ramena Corybante dans son propre appartement et, lorsque Jean Foscari fut de retour et annonça que tout était prêt, elle trouva moyen, sous un prétexte quelconque, de faire entrer le comte dans une petite chambre noire et sans issue; un tour de clef lui répondit de son prisonnier; il réclama vivement, elle n'en fit que rire.

— Allons vite, Corybante, prenez les paquets et partons.

Corybante, en pleurant, lui obéit; ils gagnèrent ensemble la chaise de poste; le postillon, ne sachant rien, ne s'étonna de rien; la voiture partit au galop; les comédiens l'arrêtèrent. Paula riait; Corybante sanglotait, protestant de la pureté native de ses intentions, et suppliait Matteo de le délivrer.

Il était aussi bien triste de voir la

position malheureuse de l'ex-abbé ; Colombine, après avoir beaucoup ri, cherchait à le consoler de son mieux ; mais, pour les hommes, pas un d'eux, y compris même Scaramouche, ne prenait son sort en pitié ; chacun au contraire le raillait, sans daigner réfléchir qu'un bonheur n'est un bonheur qu'autant qu'on le croit tel.

Tout ce tumulte avait pris du temps et les explications assez bruyantes qui avaient eu lieu avaient même concentré l'attention à tel point que nul ne s'était aperçu qu'une large voiture de voyage passait à côté d'eux. Au moment où la clarté de ses falots tomba sur la scène grotesque que nous avons essayé de peindre à nos lecteurs, les glaces de la nouvelle voiture furent baissées précipitamment ; le cocher violemment interpellé s'arrêta, la portière s'ouvrit et le gros Tartaglia, oui Tartaglia lui-même, la tête et le corps soigneusement enveloppés contre les froids nocturnes, tomba dans les bras de ses camarades. Cette nouvelle péripétie fit à tout le monde le plus vif plaisir ; dona Paula elle-même, comprenant ce qui se passait, se joignit à la satisfaction générale et, avec la légèreté de caractère qui s'alliait chez elle à l'entêtement, elle ne montra aucune envie de presser sa fuite. Tartaglia raconta en peu de mots à ses collègues ce qui lui était arrivé. D'abord jeté en prison pour dettes, par les soins de la marquise Bernardina, le chagrin et l'ennui l'avaient fait considérablement maigrir. La seule consolation qu'il eût dans son malheur, c'était d'écrire sur grand papier vélin, en écriture moulée, de lamentables placets au grand-duc. Pendant dix jours, il n'avait reçu aucune réponse et tous les jours il expédiait une nouvelle requête. Enfin, un matin, un valet de chambre était venu le chercher, en lui annonçant que toutes ses dettes étaient payées ainsi que celles de ses camarades, puis il l'avait conduit chez Son Altesse. Le prince lui avait fait le meilleur accueil et il avait pu comprendre aisément que la marquise était en complète disgrâce, ce dont il s'était réjoui. Après quoi, le grand-duc l'avait chargé d'inviter ses camarades à revenir et lui avait fait remettre dix mille livres, tant comme dédommagement que comme marque de faveur.

— Pendant vingt-quatre heures, ajouta Tartaglia, j'ai couru les rues de Florence, enchanté d'être libre ; décidé à hâter votre retour, j'ai même loué une maison ravissante sur le bord de l'Arno. Mais, le lendemain, qui fut un peu dégrisé? Votre serviteur. Je reçus un billet de la marquise Bernardina, qui m'invitait fort sèchement à passer chez elle. Je me suis étonné, j'ai été aux informations et j'ai bientôt appris que, raccommodée avec le prince, elle jouissait d'une faveur plus grande que jamais. Alors, en général habile, j'ai exécuté ma retraite avec précipitation, laissant là notre palais, sans payer le propriétaire, bien entendu, et je vous suis à la piste, désireux de déposer entre les mains de notre digne caissière, dame Barbara, la dépouille des Philistins.

Et Tartaglia, finissant sa harangue, remit le portefeuille à la matrone qui s'écria : « Après tout le prince marquera dans l'histoire! »

Il était temps que le saltimbanque se

tût ; sans quoi le lecteur aurait ignoré les circonstances intéressantes que nous avons écrites sous sa dictée. Car à peine fermait-il la bouche que l'on put apercevoir de nombreuses lumières qui éclairaient les fenêtres du château et qui paraissaient descendre vers le village.

— On va chercher les paysans pour courir après nous, s'écria dona Paula. En route!

Elle rentra dans sa voiture, entraîna Corybante... Il réclama, il est vrai, mais personne n'avait le loisir de l'écouter; Polichinelle le poussa dans la chaise de poste et ferma la portière ; le postillon partit au galop... Pour nos amis... Mais je pense qu'il est bon d'en finir avec l'histoire de dona Paula, d'autant plus que nous n'aurons plus occasion de la retrouver sous les pas triomphants de Scaramouche.

Quand sa mère, pour une modique somme, l'avait livrée à don Geronimo Torrevermiglia, la jeune bohémienne n'avait ressenti de douleur que pour la perte de sa liberté. Les entraves que la civilisation lui imposait lui devinrent bientôt insupportables et elle s'était décidée à tout risquer pour les rompre. Mais, si le devoir et la contrainte ne pouvaient convenir à cette nature déjà imprégnée des goûts de la vie sauvage, les jouissances du luxe l'avaient bien vite conquise et, à son insu, elle ne pouvait même plus s'en passer. Elle partait du château de son oncle, en faisant avec elle-même un compromis qu'elle n'analysait pas. « Tant que j'aurai de l'argent, se disait-elle, je mènerai joyeuse vie ; quand tout me manquera, je rejoindra ma tribu et je vivrai comme elle. »

Bientôt les ressources de Corybante furent dévorées ; dans la compagnie assez délurée où Paula se lança bientôt, elle trouva des adorateurs ; sans goût et sans plaisir, sans amour de l'argent, elle céda, pour éloigner le terme qu'elle avait fixé à sa réunion avec sa famille. Enfin arrivée à trente ans, la vieillesse précoce, ordinaire à sa race, flétrit sa beauté ; elle sentit que l'insolence et la rudesse de ses manières allaient manquer de ce qui les faisait adorer ; elle se résolut, ruinée d'ailleurs qu'elle était, à recommencer la vie de son enfance, qui, après tout et de loin, lui paraissait pleine de charme; et, ayant donné une grande fête qui devait être ses adieux à la vie élégante, elle gagna une fluxion de poitrine et en mourut.

Retournons vers la grande route, où nos amis sont à délibérer sur le parti qu'ils ont à prendre. Ils s'imaginent qu'on va poursuivre dona Paula et peut-être les impliquer dans cette affaire. Ils se trompent bien; don Geronimo, réveillé avec toute sa maison par les cris de fureur du comte Foscari, s'occupe paisiblement à transférer le patricien dans la prison du village, pour scandale nocturne, trop heureux qu'il est de ne pas payer plus chèrement sa folie. Cependant les comédiens sont loin de croire à cette indifférence. Effrayés qu'ils sont, et comptant sur les dix mille livres apportées par Tartaglia, ils abandonnent la charrette, le cheval et les costumes de bure à leur malheureux sort; Barbara, Colombine et l'Amour se mettent dans la voiture. Scaramouche les suit; Tartaglia fait de même; Pantalon,

Arlequin et Polichinelle se hissent sur l'impériale comme les masques un jour de mardi gras, et fouette cocher! les voilà tous partis, au triple galop, sur la route de Naples, où nous les retrouverons.

CHAPITRE TROISIÈME

*Comment Scaramouche
s'était jusque là méconnu,
et de la conclusion de son histoire*

JUSQU'ICI, JE VOUS AI GATÉ, LECTEUR. Je vous ai mené bride abattue à travers tous les événements de mon histoire et, désireux de vous plaire jusqu'à me gêner moi-même, je ne vous ai arrêté dans le récit, en vous disant : « Regardez ceci, considérez cela ! » qu'aux passages où votre curiosité devait être, à coup sûr, intéressée. Croyez-vous que j'aie pris grand plaisir à vous épargner ainsi les côtés languissants de ma biographie? En aucune manière; et, si vous l'avez cru un seul instant, vous êtes tombé dans une capitale erreur, où je prétends bien ne pas vous laisser. Entre nous, vous êtes ingrat naturellement, et l'habitude et l'éducation vous font passer trop légèrement sur toutes les peines qu'éprouvent les autres à vous satisfaire; souffrez que je ne m'accommode pas de cette nonchalance et que je vous parle un peu des droits que j'ai à votre gratitude.

Et d'abord, je ne vous ai fatigué par aucune digression. Voilà le point capital. Croyez-vous qu'il ne m'eût pas été fort doux de me jeter à corps perdu dans quelque définition de la *Commedia dell' Arte,* telle que la jouaient mes héros? de vous représenter au naturel ces lazzis piquants, ces situations bouffonnes dont un ancien canevas traçait seul la marche et dont aucune scène écrite ne gravait le caractère précis dans la mémoire d'acteurs assez intelligents pour être eux-mêmes auteurs? N'aurais-je trouvé aucun plaisir, je vous le demande, à vous dépeindre l'improvisation facile de Scaramouche et les gracieuses reparties de Colombine, et le naturel et l'art exquis dont leurs compagnons assaisonnaient leurs rôles? Mais je ne l'ai point voulu faire, parce qu'en général vous êtes fort peu artiste et que les événements avaient plus de chance de vous amuser que les réflexions.

De même, si les caractères de nos personnages sont tracés dans votre esprit, je puis dire, grâce à Dieu! que ce n'est avec l'aide d'aucune analyse psychologique. Je vous l'ai tout à fait épargnée et mon volume a pu s'en désenfler d'autant. Croyez-moi, les trois petites historiettes que je viens de vous raconter eussent pu suffire aisément à défrayer deux tomes in-octavo.

Voilà mes mérites, sachez-m'en gré; je continue.

Nos amis étaient donc à Naples. La fortune leur souriait peu : car justement les comédiens de Goldoni commençaient à gagner faveur et, bien que quelques amateurs déterminés des canevas italiens tinssent encore fidèle compagnie aux masques, le beau monde courait plus volontiers où était la mode. On gagnait donc peu d'argent et l'on ne faisait guère que végéter.

Un soir, après le spectacle, Polichinelle était monté à sa chambre, située au cinquième étage d'un escalier tortueux et noir ; il s'était déshabillé tristement, en songeant à la mesquinerie de la recette ; puis, couché, il s'était mélancoliquement endormi et commençait à rêver couronnes et ducats jetés sur la scène par des mains libérales, vrai songe introduit par la porte d'ivoire, lorsque, au bas de l'escalier, se fit entendre un pas lourd et hésitant, qui commençait à monter en cherchant les marches. D'abord ce pas mystérieux se tira assez adroitement des difficultés de la situation ; il montait, montait avec prudence et succès, lorsque tout à coup la chance tourna, le pied glissa, une bruyante culbute ébranla tout l'escalier et fit gémir la rampe. « Holà hé! diable! Ouf! Je me suis cassé les jambes! Ouf! Au secours! » Enfin tous les gémissements d'un homme mécontent de sa fortune.

A ce vacarme, Polichinelle se réveilla en sursaut, se jeta en bas de son lit et ralluma sa lampe. Puis il vint se pencher au haut de l'escalier en cherchant à faire pénétrer la lumière jusqu'en bas et demanda d'une voix flûtée :

— Monsieur demande quelqu'un?

Du fond de l'abîme s'éleva cette réponse:

— Monsieur Polichinelle!

— Donnez-vous la peine de monter en prenant garde aux marches que je crois mauvaises, répondit courtoisement l'artiste dramatique.

Quelques secondes après, il se trouva en face d'un gros monsieur en habit de velours rouge, coiffé d'une énorme perruque, embroché d'une épée, et qui se frottait les côtes.

A l'aspect de son visiteur, Polichinelle, frappé de surprise et de respect, ne sut plus quelle contenance tenir.

— Monsieur le marquis de Bianconero! Grand Dieu! A quoi dois-je l'honneur d'une pareille visite? Excellence, asseyez-vous! Permettez-moi de passer au moins un vêtement indispensable.

— Non, non, Polichinelle, répondit débonnairement le marquis, vous êtes

fort bien et je n'ai qu'un mot à vous dire :
c'est au sujet d'un jeune homme qui est
votre camarade.

— Scaramouche, Excellence?

— Précisément. Je voudrais savoir ce
qu'il est et d'où il vient.

Polichinelle répondit :

— Excellence, c'est un homme du plus
grand mérite et qui devrait être empereur;
malheureusement la fortune l'a maltraité.
Une famille dénaturée a privé ses premières années des conseils d'un père :
abandonné jeune à lui-même, il n'en a
pas moins rendu illustre une naissance
commune, puisqu'il doit le jour à un
paysan de la Romagne.

Le marquis tira de sa poche un carnet
et marmotta entre ses dents :

— Fort juste! Ne porte-t-il pas derrière
l'oreille gauche un signe orangé?

— Non, monsieur le marquis, c'est derrière l'oreille droite et tirant vers le
menton.

— Oreille droite, fort bien! Jusqu'ici
les rapports sont exacts. N'a-t-il pas des
sentiments pleins de noblesse, le goût des

belles choses, l'amour d'un sexe qui fait adorer jusqu'à ses cruautés, la patience courte, l'épée prompte à sortir du fourreau, enfin tout ce qui distingue un... un...

— Un artiste dramatique? Sans nul doute, Excellence.

— Ce n'était point artiste dramatique que je voulais dire : mais il n'importe. Ces renseignements sont parfaits et conformes à ceux que je possède déjà. Demain, que ce jeune homme passe à mon palais ; j'ai à lui parler de choses de la plus haute importance. Ne manquez pas de faire ma commission. Bonsoir, Polichinelle.

— Monsieur le marquis, je suis le serviteur de Votre Excellence. J'ose me permettre de rentrer dans mon lit, car la nuit est froide et je suis vêtu fort légèrement. Voici mon flambeau que je vous prie de laisser au bas de l'escalier et d'éteindre.

Le marquis de Bianconero regagna sans accident aucun la porte de la rue et rentra chez lui.

Le lendemain, Scaramouche, proprement vêtu, se présenta au palais et demanda à parler à M. le marquis. On l'introduisit aussitôt dans un vaste salon, splendidement orné. Quelques domestiques vinrent le considérer d'un air respectueux mais étonné et, l'attente durant déjà depuis quelques minutes, il commençait à se croire victime d'une mystification quand une jolie soubrette vint le prendre et l'introduisit chez la marquise.

Mme de Bianconero était une femme d'un certain âge, qui avait pu être fort belle, mais qui ne l'était plus. Elle était pourtant tirée à quatre épingles et avait un air très avenant. Quand Matteo Cigoli entra, elle courut plutôt qu'elle n'alla à sa rencontre, le considéra quelques instants d'un air passionné et se précipitant enfin dans ses bras :

— Mon fils, mon cher fils, je te retrouve donc enfin! s'écria-t-elle.

Et elle s'évanouit.

Scaramouche, confondu d'étonnement, se trouvait fort embarrassé et ne savait où la mettre; qu'on ne lui en veuille pas de cette apparente insensibilité. La voix du sang ne parlait pas encore assez haut dans son cœur, pour lui faire oublier le côté ridicule de la situation. D'ailleurs, et avant de s'attendrir, il voulait qu'on s'expliquât et la marquise revint à elle fort à propos pour satisfaire ce désir raisonnable.

Elle l'embrassa tendrement à plusieurs reprises et puis, le faisant asseoir auprès d'elle sur un sofa, elle se mit à pleurer et dit :

— Vous êtes, don César, le fruit, l'unique fruit de mes trop malheureuses amours avec l'infortuné don Giulio Torrevermiglia. A peine étiez-vous né qu'on vous fit partir secrètement pour la Romagne, sous la garde d'un serviteur de confiance, attaché depuis trente ans à ma famille et à qui l'on confia pour vous une somme de soixante mille ducats, qui devait servir à l'éducation de vos premières années. Mais voyez à quel point le cœur de l'homme est fragile! Ce vieux serviteur se laissa probablement tenter par le désir de s'approprier les soixante mille ducats; ce que je puis vous dire, c'est que, malgré tous mes efforts, je n'ai plus jamais entendu parler de lui.

« Le prince Jérôme Boccatorta, joueur

effréné et amoureux de moi comme un tigre, tua don Giulio, la veille du jour où j'allais l'épouser et je me trouvai plongée dans la plus affreuse douleur et sans espoir d'être jamais consolée, puisque je croyais vous avoir perdu sans retour.

« En vain M. de Bianconero me faisait-il une cour assidue, je ne voulais pas entendre parler de mariage. Homme dévoué et aimable! malgré mes refus, il n'en continua pas moins de me voir tous les jours et, quand ma tristesse croissante et le ravage des années eurent éloigné tous mes courtisans, il me resta seul, ami tendre et aussi respectueux qu'au premier jour. Depuis quinze ans, il a pris le goût des collections d'insectes et, comme il m'en parlait toujours dans ses visites quotidiennes, d'une heure à quatre et de cinq à minuit, je lui ai accordé ma main, par découragement, à condition qu'il ne m'ouvrirait jamais la bouche de ses plaisirs scientifiques et qu'il vous reconnaîtrait aussitôt que vous seriez retrouvé.

« Trois fois mon amour maternel a été égaré. La première, j'ai payé les dettes d'un mousquetaire français, ruiné par le jeu, qui, ayant entendu parler de mon aventure, est arrivé de Paris en poste, avec une tache lègèrement orangée sous l'oreille gauche. Le misérable a vendu une magnifique collection de scarabées, faite par le marquis, à un amateur très habile au reversis; puis il s'est enfui avec ma femme de chambre.

« Le second était un Grec qui m'avait vendue d'avance (il y a dix ans de cela) au pacha d'Egypte, et qui, sous prétexte d'une promenade sur mer, me voulait remettre entre les mains du mahométan. Il a été roué vif.

« Le troisième était un Florentin qui a failli m'empoisonner pour avoir ma succession plus tôt. Mais enfin j'ai trouvé mon fils, mon fils réel! C'est vous, mon cher enfant! Je vous ai vu au spectacle, je vous ai suivi au bal masqué, j'ai su vos aventures, votre manière de vivre et, persuadée de la vérité, j'ai fait partager ma conviction au marquis. Oui, vous êtes mon pauvre fils! Je suis heureuse! Embrasse-moi donc! »

Scaramouche, ou plutôt le comte don César Bianconero, baisa la main de sa mère et, avant qu'il eût pu trouver une parole sensée dans sa tête où son imagination bouleversée faisait le plus étrange tohubohu, le marquis entra, le serra sur son cœur et, enchanté d'avoir enfin un auditeur chez qui la patience allait devenir une vertu forcée, il l'entraîna vers ses collections.

Après une longue extase, quand les mouches, les sauterelles, les cloportes, les papillons, les guêpes, les hannetons, les cerfs-volants, les limaçons, les fourmis, les cirons et autres êtres merveilleux, qui composaient les trésors scientifiques du palais, eurent été examinés consciencieusement sur le dos, le ventre, les pattes, les trompes et les ailes, et qu'il n'y eut plus la plus petite chose à voir, ni la moindre observation à émettre, le marquis mena don César dans un bosquet, sur un banc et, s'étant croisé les jambes, il lui demanda ce qu'il savait de son histoire.

L'ex-Scaramouche rapporta fidèlement ce que ses plus anciens souvenirs avaient conservé et, avec l'honnêteté qui le distinguait, il jura qu'il s'était toujours considéré comme le fils véritable du brutal Cigoli; cependant il avoua que le trait principal de leur séparation aurait pu le porter à en douter.

Le marquis essuya ses lunettes avec son mouchoir d'un air très méditatif, puis il dit à don César :

— Mon ami, je dois vous dire que je ne suis pas aussi persuadé que Mme de Bianconero de votre filiation; néanmoins je vous crois un caractère honorable et, comme la fantaisie de retrouver ce malheureux enfant a fait le malheur de sa vie, que, sans trop d'efforts, il vous est facile de la rendre heureuse, loin de m'opposer à ce que vous soyez reconnu comme son enfant et le mien, je vous en supplierais même, s'il en était besoin.

« Mais, entendez-moi bien et retenez mes paroles. Le bonheur de Mme de Bianconero est ma première étude. Si vous vous conduisez bien avec elle, si vous ne lui causez pas l'ombre d'un chagrin, ma reconnaissance sera sans bornes et mon attachement facilitera tous les chemins à votre ambition. Si, au contraire, vous trompiez mes espérances, vous auriez en moi le plus impitoyable ennemi.

« Oui, don César, je ne vous pardonnerais jamais et j'essayerais même de trouver au fond de mon cœur assez d'énergie — et cet effort me coûterait la vie en m'ôtant le repos — assez d'énergie, dis-je, pour vous faire tout le mal qui serait en mon pouvoir. »

Don César, touché d'un pareil attachement et de l'expression passionnée du vieux marquis, allait protester, et du fond de son cœur, de la droiture de ses intentions, quand la marquise parut, rajeunie par un air de joie qu'on ne lui avait pas vu depuis bien longtemps. M. de Bianconero salua sa femme avec une déférence pleine d'une tendresse timide, elle prit le bras de don César et l'on entendit le son joyeux d'une cloche.

C'était l'annonce du dîner. Ce dîner fut bon.

Un des premiers devoirs que remplit

l'heureux don César Bianconero, lorsqu'il se vit installé dans sa nouvelle famille, fut de l'instruire du tendre attachement qu'il avait pour ses anciens camarades. Il ne dissimula rien des services journaliers que lui rendait Polichinelle, des bons conseils dont ne le laissait jamais manquer Colombine et du dévouement véritable que Tartaglia déguisait sous son enveloppe jalouse et brutale.

La marquise Bianconero, en mère passionnée, prit avec chaleur la cause des comédiens et déclara qu'elle les recevrait publiquement dans sa maison, qu'elle les présenterait partout et qu'elle allait employer tout son crédit pour qu'eux seuls eussent le privilège de jouer les pièces à canevas, non seulement à Naples, mais dans tout le royaume. A cette déclaration quelque peu fougueuse, le marquis baisa la main de sa femme avec tendresse et lui dit :

— Madame, la reconnaissance va bien à la pureté de votre âme; mais, lorsque vous aurez réfléchi, je ne doute pas que vous n'aperceviez tous les inconvénients de votre projet.

— Homme sans générosité! dit la marquise.

Et elle ne voulut pas lui permettre même de donner ses raisons; elle lui reprocha ses préjugés et sa froideur et tout en resta là.

Don César fut bientôt lancé dans ce que la ville avait de plus considérable. Sa romanesque histoire, la comparaison avec ses prédécesseurs, la justice qu'on lui avait rendue comme comédien, tout contribuait à le faire désirer partout; et, comme la malignité de l'homme s'éveille toujours au moment où commence son attention, on chercha avec grand soin un moyen légitime de le prendre en horreur.

Il était l'unique objet de toutes les conversations.

— Marquise, disait un jour la belle vicomtesse de Charpigny, nièce d'un cardinal, à Mme de X..., ne trouvez-vous pas inouï de recevoir un comédien chez soi?

— Que dites-vous, ma toute belle? répondit la vieille dame; s'il n'avait été que comédien, ce serait peu; mais l'abbé Lorzi l'a connu, à Nice, marchand d'oranges. Après tout, il porte un beau nom ; sa fortune sera immense et l'on dit qu'il va épouser la petite Fieramonte.

La nouvelle était vraie. M. de Bianconero, par amour pour sa femme, s'était mis en campagne et avait mené à bien ce projet d'alliance. Mais ce n'était pas tout ; pour le rendre possible, il fallait une révolution dans les mœurs de don César.

La continuation de ses premières amitiés avait enchanté tout le monde au début. On avait trouvé cela d'autant plus louable qu'on le jugeait plus héroïque, car une espèce de parvenu devait être fort tenté, dans son for intérieur, de rompre avec tout ce qui lui rappelait sa première fortune.

Au bout d'un mois, cette longue vertu finit par ennuyer ; et c'est bien simple : dans le monde on aime à voir changer souvent la décoration. On se demanda donc : « Ah çà ! que fait le jeune Bianconero avec ces histrions ? Est-ce qu'il n'aurait jamais d'intimités plus relevées ? On ne trouve qu'eux dans le salon de sa mère. »

Au bout de six mois on se plaignait universellement de ne pouvoir plus aller dans cette maison-là. Au bout de huit mois, la marquise elle-même était parfaitement lasse de tous ces braves gens, qui n'avaient en aucune manière ni le ton ni les habitudes de la bonne compagnie ; enfin elle finit par leur défendre sa porte, catastrophe que le marquis avait prévue depuis longtemps et dont il avait voulu leur éviter les déboires. Il continua, quant à lui, à les recevoir le matin comme par le passé et à leur rendre tous les services qui étaient en son pouvoir.

Enfin, au bout de dix mois, don César reçut de Colombine le billet suivant :

Mon bon Scaramouche, car je ne puis me déshabituer de te donner ce nom sous lequel je t'ai connu si beau, si spirituel, si aimé, je n'ai plus le courage de te voir et je t'écris pour t'annoncer que, par mon ordre, notre porte te sera dorénavant fermée. Chacun doit faire son métier. Le tien n'est plus de mener joyeuse vie derrière la toile, bras dessus bras dessous avec la misère, et d'amuser le public sur la scène. Il te faut désormais assister à de longs dîners, à de longues soirées, à de nombreuses réunions et faire beaucoup de visites, afin de te faire annoncer plus souvent, ce qui t'apprendra ton nom. Pauvre ami, ta jadis chère Colombine n'a plus qu'un conseil à te donner. C'est de ne pas devenir plus impertinent et de jeter un peu moins ta qualité à la tête des gens. Pardonne-moi, du reste, la mauvaise humeur de cette lettre, si elle te blesse; elle vient de mon cœur, non de ma vanité. Je t'aime trop pour te perdre tranquillement. Adieu, mon bon, adieu, mon cher petit. Sois aussi sage que tu pourras et cela pour toi seul, pour ton bonheur. Souviens-toi souvent de ton amie et de tes amis, surtout quand tu auras des chagrins. Adieu. Je t'embrasse de bien bon cœur.

COLOMBINE

Après avoir lu cette lettre, don César pleura pendant vingt-cinq minutes. Il y eut même en lui une sorte de lutte entre son ancien caractère et celui que les nouvelles circonstances dans lesquelles il vivait avaient, comme forcément, développé chez lui; mais le combat fut court, parce que les forces n'étaient pas égales.

Le nouveau gentilhomme trouvait sa position trop douce pour en céder une ligne, et toi, lecteur, tu eusses fait comme lui, ne le nie pas. Le soir, don César était tout aise et délivré d'un grand poids. Comme M. de Bianconero ne le voyait plus aller chez ses anciens camarades et que ceux-ci ne lui parlaient plus de ce bon Scaramouche, il lui demanda un jour ce qu'il en était ; à quoi don César répondit en lui montrant la lettre de Colombine.

Le marquis la lut et, ayant regardé quelque temps son beau-fils par-dessus ses lunettes, il leva les épaules et lui mit dans les mains un magnifique hanneton dont il préparait en ce moment le lit mortuaire.

Revenons au mariage de don César. Mlle de Fieramonte était la fille de la femme la plus célèbre que Naples ait jamais produite pour l'étude de l'anatomie ; cette dame, dont les ouvrages sont, à ce qu'il paraît, fort estimés du praticien, avait alors quarante-neuf à cinquante ans.

Elle était petite, grosse, rouge et fort concentrée en elle-même. Comme ses journées étaient partagées entre l'étude et les doctes conversations, elle n'avait pas eu le temps de s'occuper de sa fille et l'avait confiée à une gouvernante que nous appellerons Sylvie.

Don César fut présenté dans la maison de Mme de Fieramonte par son beau-père. Il y arriva, un beau soir, comme un futur époux, assez embarrassé de sa personne et décidé à être aimable et brillant, c'est-à-dire qu'il ne fut ni l'un ni l'autre. Mme de Fieramonte était retenue par ses études, et sa fille et dame Sylvie reçurent les deux visiteurs. Que dame Sylvie était laide! Dieu! qu'elle était ridée! Dieu! qu'elle parut à don César acariâtre et impérieuse! N'en soyez point surprise, belle dame qui me lisez; elle produisait assez généralement ce double effet.

Don César s'adressa particulièrement à sa future; quoique peu remarquable, comme je viens de le dire, sa conversation fut sensée et, en somme, convenable. Il sortit avec le marquis, enchanté de sa soirée, et fut content de la belle Herminie, à qui il pensait avec raison n'avoir pas déplu. Le lendemain, il fut reçu par Mme de Fieramonte, qui, en feuilletant un volume de dissection, lui exprima tous ses regrets de ne pouvoir tenir sa parole; mais elle lui avoua que, ne voulant en rien influencer les déterminations de sa fille, elle se croyait obligée de repousser ses vœux. En ce moment, dame Sylvie entra dans l'appartement, ne salua pas le comte, et confirma d'une voix sèche l'arrêt qui frappait le pauvre don César.

Ce malheureux jeune homme revint tout déconfit apprendre sa mésaventure à son beau-père et lui en témoigna tout son étonnement.

— Il y a complication dans votre fait, lui dit le marquis; Mme de Fieramonte refuse votre alliance et votre mère... Mais allons d'abord à la première affaire. Vous êtes sans expérience, don César, car sans cela vous eussiez fait attention qu'hier au soir je vous poussais le coude en entrant dans le salon et vous

eussiez salué la dame Sylvie la première.
— Quoi! avant Mlle de...
— Avant la maîtresse légale du logis elle-même. Vous ne savez pas ce que c'est que le pouvoir des gouvernantes, dames de compagnie et autres domestiques panachés qui s'emparent des clefs du logis. Peste! mon enfant! celle-là vous a fait rompre votre mariage parce que vous l'avez saluée la dernière; j'en ai connu une en Danemark qui avait fait renvoyer un mari au beau milieu de la lune de miel. Il n'est pas d'araignée, même d'araignée-crabe, plus dangereuse que ces sortes de... Mais passons à la seconde affaire.

« Mon cher ami, je vais vous parler sérieusement. Vous avez des défauts : ne me regardez pas d'un air effrayé; je veux dire que vous n'êtes point parfait; ce qui, à mes yeux, ne vous inculpe aucunement. Mais pendant vingt ans que votre mère vous a attendu, elle s'est fait du fils qu'elle a perdu un si parfait idéal qu'elle ne peut supporter la pensée d'aucune imperfection dans un être aussi cher. C'est une bien malheureuse disposition, don César;

bien malheureuse, sans nul doute, mais elle existe. Depuis quelque temps, Mme de Bianconero est inquiète, soucieuse ; je crains tout de la vivacité de son imagination et, hélas ! — je puis vous le dire en pleurant — de la faiblesse de sa tête.

« Si elle découvre tout à coup que les légères taches qu'elle soupçonne dans votre caractère et que je vous connais, mon ami, existent réellement, elle est capable, oui, elle est capable...

— Capable !... vous m'effrayez, monsieur le marquis, capable de quoi ?

— Capable de... eh bien, oui ! de déclarer que vous n'êtes pas son fils.

— Mais ce serait absurde !

— Voilà un mot que je ne puis vous passer, monsieur, appliqué à une femme aussi respectable ; mais je veux bien l'attribuer pour cette fois à la vivacité de votre âge. Voici ce que j'ai résolu. Vous allez partir sous le prétexte de voyager ; votre train sera digne du rang que vous occupez dans la société. J'ai annoncé cette nouvelle à la marquise, elle l'a accueillie avec douleur sans doute, mais enfin j'ai su la persuader et elle a consenti. Faites vos préparatifs et que dans deux jours vous soyez sur les grands chemins; c'est que je vous souhaite à vous, à elle, à moi, du plus profond de mon cœur. Ecrivez-nous souvent, tâchez de vous arranger de manière à venir passer un mois tous les ans auprès de nous et je pense que nous n'aurons rien à craindre.

Voilà quelle fut la harangue du marquis Bianconero. Don César la trouva fort remarquable, moins comme pièce d'éloquence que par les faits qu'elle contenait. Il eut un instant l'idée de demander des explications catégoriques sur la nature du rôle qu'il jouait. Il s'indigna de la position ambiguë qu'on lui avait faite; mais le titre, la fortune, la position dont il jouissait étouffèrent toutes ces fumées de dignité offensée; il se tut, fit de tendres adieux à sa mère qui pleura beaucoup, le serra longtemps sur son cœur et il partit. Pendant six semaines il parcourut l'Italie, vit Rome, alla saluer à Florence le grand-duc, qui reçut le grand seigneur tout aussi bien que jadis le comédien, puis il vint enfin s'abattre à Venise pour y fixer, du moins momentanément, son séjour.

Six ans au moins s'étaient écoulés depuis qu'il avait quitté cette ville et il ne revit pas sans émotion ces quais, ces palais, ces arcades, ces places, témoins de ses premières amours. Quant à la défense qui lui avait été faite d'y jamais rentrer, on pense bien qu'il ne s'en inquiéta guère. Ce n'était pas au comte de Bianconero à se souvenir des humiliations de Scaramouche.

Mais si cet illustre personnage oublia, ou à peu près, toutes les douleurs de l'ex-bohémien, il n'en fut pas de même de ses joies; car, à peine arrivé, don César se mit en quête de tous les plaisirs que présentait cette capitale, célèbre à jamais, comme on sait, par la facilité des mœurs de ses habitants et surtout de ses belles habitantes. Le jeu, la comédie, le bal, les mascarades remplissaient les journées de l'heureux comte Bianconero; il se trouva bientôt lié avec ce que la ville comptait de plus brillants cavaliers et surtout de plus nobles; car, il faut l'avouer, don César, parmi toutes les brillantes qualités qui le distinguaient, avait depuis son élévation laissé germer, pousser et grandir une certaine morgue qui ne lui permettait pas de se lier avec des gens de naissance peu remarquée. Lorsque quelque étranger le trouvait en compagnie d'un jeune homme ou d'un vieillard respectable ou le voyait saluer un personnage dans la rue, il aimait pouvoir dire avec une négligence apparente :

— Tenez! ce seigneur est le marquis Mocenigo. Famille ducale et assez ancienne! Ce vieux magistrat est le digne chevalier Barbarigo, dont vous connaissez l'illustration. Pour ce gentilhomme, c'est l'ambassadeur de France, mon meilleur ami!

Bien différent en cela de son beau-père qui, sans jamais s'abaisser, voyait habituellement des gens de toute espèce, pourvu qu'ils fussent honnêtes et qui, de sa vie, rangée et probe, n'avait été atteint de la peur de s'encanailler.

Les nouveaux amis de don César lui firent connaître force courtisanes et quelques femmes qualifiées d'une réputation très embrumée. Mais cela, comme on pourrait le croire, ne suffisait pas à cette époque, à Venise, pour être ce que nous pourrions appeler, de nos jours, un homme à la mode. Il lui fallait à toute force avoir une intrigue nouée et parachevée dans quelque couvent. Ne jetez pas les hauts cris, belle lectrice, ni vous non plus, lecteur qui savez vivre, et soumettez-vous à ce sacrilège, en commentant cette phrase magique : « C'était la mode! »

Scaramouche — je me trompe, don César — n'aurait pu supporter la pensée de ne pas être parmi les favoris de cette divinité ; il se mit donc en quête d'une aventure de ce côté-là. Mais, pendant quinze jours, il eut beau parcourir toutes les églises de monastères, assister à tous les services comme un bon et fervent chrétien, il ne vit pas une figure qui lui donnât envie de mener à mal celle qui la possédait et il dut se résoudre à voir le bonheur de Paul Cigliari, du baron de Hesse-Benfeld, du chevalier de la Mézie, et de sir George Hutton, sans pouvoir rivaliser avec eux d'écorniflures faites à la grille du parloir.

Un soir cependant, au palais de je ne sais plus lequel, le chevalier de la Mézie, qui lui voulait du bien, parce que don César lui prêtait fréquemment de l'argent, lui proposa de l'accompagner à un rendez-vous où une épée de plus ne serait peut-être pas inutile. Bianconero était brave, on le sait, et il accepta. Les deux complices escaladèrent une grande muraille et se trouvèrent sous des tonnelles de verdure qui laissaient à peine pénétrer les rayons de la lune.

Là, M. de la Mézie, habitué de ce dédale, fit asseoir le comte dans un coin obscur et, après avoir donné un signal probablement convenu d'avance, reçut, avec la galanterie et la grâce toute parfaite que Paris entier lui reconnaissait, une jeune novice, charmante à en juger par sa tournure et sa démarche et qui, pour débuter, se jeta dans ses bras.

— Mon cher chevalier, lui dit-elle, avez-vous amené quelqu'un?

— Sans doute, belle Angélique, répondit

ce seigneur. Voici M. de Bianconero qui nous aidera plus encore dans notre fuite qu'il ne nous est nécessaire.

— Cela n'est pas aussi certain que vous le pensez, répondit l'infidèle épouse du Seigneur, car je suis décidée à faire le bonheur d'une de nos mères qui n'aspire qu'à s'enfuir du couvent, qui ne veut ni d'un amant ni d'un mari et qu'il s'agit seulement de mener à Trieste, d'où elle compte gagner l'Allemagne. M. de Bianconero aura-t-il bien tant de bonté que de l'accompagner dans ce périlleux voyage — j'entends jusqu'à Trieste — et cela en engageant sa parole de gentilhomme de ne la point tourmenter pour savoir son nom ou même pour voir son visage?

— Mais, ma toute charmante, de quel nouveau soin embarrassez-vous mon amour?

— D'aucun, cher chevalier, car j'aime tant mon amie que, si vous refusez, je reste.

— Peste! murmura M. de la Mézie visiblement contrarié. Essayons.

Et, s'approchant de don César, il lui dit d'un air dégagé :

— Mon cher comte, remerciez-moi, je fais votre bonheur! Une femme ravissante, belle, aimable et faite au tour, qui a conçu pour vous un vif sentiment d'estime (j'oubliais de vous dire qu'elle est religieuse dans ce monastère), a envie d'aller à Trieste et voudrait vous avoir pour compagnon de route. Convenez, mon cher comte, que la fortune vous traite en enfant gâté. Cette plaisanterie sera du goût le plus exquis et, n'était la petite Angélique avec qui j'ai des engagements, je voudrais être de la partie! Tous nos seigneurs vont vous envier!

— Mais, objecta don César, je n'ai pas envie d'aller à Trieste.

— Je vous dis que c'est du meilleur goût.

— Mais c'est fort loin!

— Elle est charmante.

— On se moquera de moi!

— Tout le monde voudrait être à votre place. Belle Angélique, le comte attend votre amie et exécutera tout ce qu'elle exige, n'en doutez pas. Maintenant, partons, car nos rameurs attendent, et le jour va paraître.

— Je vais chercher mon amie, dit la capricieuse nonne en s'enfuyant.

— Diable! objecta M. de la Mézie, en prenant une prise de tabac.

Au bout de quelques minutes, les deux nonnes parurent à l'extrémité de l'allée. La nouvelle venue était voilée avec le plus grand soin et l'on pouvait préjuger, d'après sa démarche naturelle et ferme, une certaine fierté de caractère qui ne s'accordait pas trop bien avec l'action qu'elle commettait en ce moment. Les compliments furent courts, ainsi qu'on le peut croire, et on se hâta de prendre place dans la gondole qu'avaient amenée les deux amis et qui partit comme un flèche dans la direction de la terre ferme.

Un peu avant que le jour eût paru, on toucha la terre. Je passe sur la conversation qui eut lieu auparavant; elle fut, de la part du chevalier, un feu roulant de choses aimables et pleines d'esprit qu'il est inutile d'enregistrer et auxquelles

Angélique répondait avec plus d'embarras que d'amour. Sa compagne ne disait mot et don César l'imita, après quelques efforts pour nouer la conversation. Au moment de se séparer, la religieuse embrassa Angélique et lui dit :

— Soyez heureuse, mon enfant, autant que je le veux et plus que je ne le crois.

Angélique se mit à pleurer comme il est d'usage en pareille occurrence et le comte saisit cette occasion pour dire au chevalier, en le prenant par le bras :

— Pardieu! je suis bien aise qu'elle ait prononcé cet aphorisme, car je la croyais muette; c'est un poisson, mon cher ami, avec qui tu me laisses en tête à tête.

— Je te réponds, sur mon âme, de sa beauté et des grâces de sa conversation, s'écria le chevalier en serrant son ami dans ses bras; mais elle n'est bien que sans témoin. Adieu et reçois ma bénédiction avec mes remerciements.

Cela dit, il fit monter Angélique dans une chaise de poste qui se trouvait là à les attendre et qui les porta... ma foi, je ne sais pas où et je n'ai pas le temps de le chercher.

— Belle dame, dit alors don César, je sais que vous avez un vif désir de voir Trieste... C'est une belle ville... et certainement...

— Monsieur, interrompit la religieuse, allons d'abord à Ancône où je compte m'embarquer ; je crois que nous pourrons nous quitter là.

Don César ne l'écoutait plus ou plutôt ne la comprenait plus ; tous ses sens étaient confondus dans son oreille, pour bien saisir, pour mieux analyser les modulations de cette voix trop connue.

— Eh ! par le diable ! madame, s'écriat-il enfin, vous êtes... ce n'est pas possible.... Ah ! Rosita, perfide Rosita, est-ce vous que je retrouve ?

C'était Rosita, la toujours belle Rosita ; mais aussi c'était Rosita bien changée. La solitude, l'éloignement des mauvais conseils avaient réchauffé le bon sang qui coulait dans ses veines. Après quelques mois de réclusion, elle avait put réfléchir à la cruauté de sa conduite passée envers le pauvre comédien et, en appréciant ce qu'il valait, elle avait aussi reconnu la honte dont sa conduite légère aurait pu couvrir sa famille. Il n'en fallait pas plus pour une âme aussi fière. De ce moment, toutes ses pensées s'étaient tournées vers le recueillement et la piété, et bientôt les remords de deux actions, coupables sans doute, mais au fond excusées par sa jeunesse, avaient fait place à une grande exaltation de sentiments religieux. En un mot, servir Dieu était depuis longtemps sa seule et unique existence.

Elle n'avait pas tardé à découvrir, cependant, la profonde démoralisation de son cloître qui, pareil à tous ceux de Venise, était loin d'observer à la lettre les vœux monastiques. Et, toujours romanesque, elle avait pris la résolution de fuir du couvent pour aller s'enfermer dans quelque autre du même ordre qu'elle irait chercher en Allemagne, où elle ne doutait pas que la règle fût mieux observée. Pour se faire protéger dans ce long voyage, elle avait compté sur sa fierté et sur l'argent qu'elle emportait. Du reste, sûre d'elle-même, elle ne redoutait pas une impertinence.

Elle expliqua tout cela au comte aussitôt

qu'elle l'eut reconnu. De son côté, il la mit au fait de ses aventures et de l'étrange histoire de sa naissance ; néanmoins, il oublia de lui dire que cette croyance était déjà un peu ébranlée. La vue de Rosita fit naître d'étranges indécisions dans le cœur de don César. Nous savons déjà combien il était rancuneux. Mais, en cette circonstance, la colère s'éclipsa devant l'amour qui se releva plus fort que jamais dans son cœur. Quand je dis que la colère s'éclipsa devant l'amour, je me trompe, ce fut devant l'espérance qu'elle s'éteignit. Jadis, Scaramouche n'avait aucun espoir de devenir l'époux de l'héritière des Tiepolo ; aujourd'hui, le comte Bianconero, sans trop de fatuité nobiliaire, pouvait avoir cette prétention : cela changea toutes ses dispositions.

Que les romanciers sont donc malheureux ! et que l'on avoue avec grande raison que c'est le pire de tous les métiers ! Pendant que je raconte ce que disent, pensent, ne disent pas ou ne pensent pas mes deux interlocuteurs, j'ai bien été obligé de ne pas vous apprendre qu'ils étaient arrivés dans un bourg, y avaient acheté une voiture et qu'à l'aide de deux gros chevaux, dont l'un boîteux et l'autre borgne, conduits par un postillon qui réunissait ces deux qualités, ils étaient depuis longtemps en route pour Ancône, où ils arriveront, s'il vous plaît, sans que je prenne l'embarras de m'interrompre pour vous dire où et comment ils relayèrent. Dans cette ville d'Ancône, ils s'embarquèrent, ainsi qu'ils l'avaient résolu, et je ne sais s'ils eurent bon ou mauvais vent. Bref, je vous dirai, charmante lectrice, ce qu'il conviendra de vous dire et, quand ils seront arrivés, je vous en préviendrai.

Ce qu'il est important de savoir, c'est que don César redevint plus amoureux qu'il n'avait jamais été; mais Rosita, bien qu'avec une douceur infinie, ne voulut lui laisser aucune espèce d'espérance. Elle le réconfortait de son mieux, l'assurait de son repentir du mal qu'elle lui avait fait, lui donnait avec une autorité tendre et presque maternelle, quoiqu'elle fût plus jeune que lui, de sages conseils sur sa conduite, surtout sur ses prétentions dont elle s'était vite aperçue ; mais elle lui confirma sa résolution de consacrer le reste de sa vie à la prière et à la méditation.

Don César essaya en vain de tous les moyens de respect et d'amour pour lui persuader de l'aimer ; n'y pouvant réussir de cette façon, il voulut prendre une méthode plus cavalière et, après y avoir rêvé quelque temps, s'abandonnant à des inspirations fort peu respectueuses, il laissa tomber sous ses pieds un billet qu'elle ramassa et qui contenait les vers suivants :

Je voudrais bien, céleste créature,
Dans ta chambrette une nuit pénétrer,
De mes deux bras te faire une ceinture,
Clore ta bouche avec un chaud baiser,
Enfin, enfin, te contraindre à céder.

O ma Cloris, je meurs, je me consume...
L'amour me point... consens donc à m'aimer!
Prends de ce feu que ton regard allume,
Et qui bientôt va tout me dévorer,
Si tu ne veux toutefois me céder.

Oui cède-moi, c'est l'amour qui l'ordonne,
C'est l'âge ardent où tu viens d'arriver
C'est la beauté de toute ta personne,
C'est le délire où je me sens tomber.
Ah! c'est ma mort si tu ne veux céder.

Les rimes n'étaient point riches, c'étaient des vers de grand seigneur.

Don César attendait, avec une grande anxiété, comme tout autre aurait fait à sa place, l'effet de cette incartade maladroite et dont il se repentit du moment qu'il l'eut faite. Rosita lut jusqu'au bout avec une grande attention et sans remarquer le moindre mécontentement; puis elle recommença cette lecture et sembla étudier les strophes les unes après les autres; enfin, elle prit une plume, retrancha quelques mots, en ajouta d'autres et, présentant à don César ébahi une sorte d'hymne mystique à la manière de sainte Thérèse, elle lui promit d'une voix douce et calme de la méditer chaque jour dans ses oraisons.

Après ce trait, il fallait se tenir pour battu, et don César prit ce parti. Les deux voyageurs étaient à Trieste depuis deux jours quand cette résolution fut arrêtée, et je vous demande pardon de ne pas vous en avoir prévenu plus tôt et de n'avoir pas indiqué l'auberge qu'ils avaient choisie.

Rosita ne se trouvait pas assez loin de l'Italie, elle ne voulut pas s'arrêter dans cette ville et, comme elle avait éprouvé le respect de don César, elle consentit à ce qu'il l'accompagnât jusqu'en Autriche, où elle voulait se réfugier dans le premier couvent de son ordre qu'elle rencontrerait, en y payant une nouvelle dot et en faisant pénitence de sa fuite.

Le départ était fixé pour le lendemain et ils étaient à table dans leur chambre quand ils entendirent un grand bruit dans les corridors : des gens montaient, descendaient ; on portait des paquets, des domestiques couraient çà et là. Enfin, comme les chambres d'auberge ont des cloisons plus qu'indiscrètes, on finit par entendre ces mots prononcés vraisemblablement par quelque gros laquais joufflu :

— Est-ce là qu'il faut déposer les malles du capitaine Corybante?

— C'est là! répondit l'hôtelier.

Puis le corridor retentit sous des pas éperonnés et une voix grêle, répondant probablement à un respectueux salut, laissa tomber ces mots :

— Bonsoir, bonsoir, faites-nous servir, car mademoiselle meurt de faim et nos amis vont arriver.

— Ah! mais, c'est Corybante, dit don César, en sautant de sa chaise à la porte, qu'il ouvrit.

Et il se trouva en face de Colombine donnant le bras à l'ex-abbé, décoré d'une paire de moutaches, enterré dans un justaucorps de buffle et ayant précisément la mine de ces féroces guerriers de bois que le génie des fabricants de Nuremberg campe si fièrement, les bras en anse, sur un cheval de carton.

Inutile de dire et les embrassades et les compliments. Rosita s'était retirée dans un coin de la chambre et, après les premiers saluts, prenait peu de part à ce qui se passait. Corybante s'exprima ainsi :

— Vous êtes sans doute surpris, seigneur don César, de me voir dans la milice mais ma pauvre dona Paula m'a forcé d'acheter une compagnie, sous prétexte que cela me donnerait du relief, et je suis en ce moment au service de Naples. J'en arrive, chargé par le marquis de Bianconero d'une commission qui m'est bieu pénible à remplir et si pénible que je préfère voir mademoiselle Colombine s'en acquitter à ma place.

— Qu'est-ce donc? s'écria le comte tout effaré.

Colombine hésita un instant, puis, prenant son parti, mit ses deux mains sur les épaules de don César et lui dit, tout en l'embrassant :

— Mon pauvre ami, tu n'es pas le fils de la marquise Bianconero, on a découvert d'une manière positive que ce fils n'était autre que Polichinelle. Il a montré, étant gris, des papiers qu'il conservait soigneusement comme des amulettes contre la fièvre et qui sont les preuves irréfragables de sa naissance. En apprenant cette nouvelle, la marquise, qui avait toujours rêvé son fils sous la forme d'un ange, est morte de saisissement et son vieux mari, désespéré, s'est retiré à la campagne, où il n'a guère le courage, je t'assure, de s'amuser avec ses bêtes. Mais te voilà pâle et défait! Voyons, mon chéri, console-toi. Tu as toujours de l'argent, et l'argent, vois-tu...

— Je ne garderai pas seulement un écu de cette famille maudite! s'écria Matteo, désespéré qu'elle ne fût pas la sienne. Au diable la noblesse! Je déteste les gens qui veulent s'élever au-dessus des autres. Ce vieux Bianconero n'aurait pas pu me reconnaître, moi qui vaux mieux que lui!

— Il vous fait dix mille écus de rente, observa le capitaine; mais il ne vous reconnaît pas pour son fils, par respect pour ses aïeux, à ce qu'il dit.

— Je ne recevrai pas un sou de lui! cria Matteo, en allant s'asseoir tout sanglotant dans un coin.

— Mais vous recevrez cette rente de moi, mon cher Matteo, dit Rosita en s'avançant. Ce n'est pas un don; c'est à peine ce que vaut le mal que je vous ai fait : la perte de votre voix, votre emprisonnement, bien que momentané, et surtout les peines que je vous ai causées. Mon oncle Tiepolo n'hésitera pas à faire droit à ma requête contenue dans cette lettre que je vous remets. Adieu. Supportez votre malheur avec courage et regardez-moi toujours comme une amie. Vous, mademoiselle Colombine, vous m'accompagnerez jusqu'en Autriche, cela me sera plus agréable que de déranger le seigneur Matteo.

Elle allait continuer, quand toute la bande des comédiens entra dans la salle : Pantalon, Tartaglia, Arlequin, dona Barbara, Polichinelle lui-même, le nouveau comte, qui était en procès pour rattraper sa fortune donnée aux Dominicains, procès qui dura tout un an sans qu'il en ait tiré un sou et qui dure encore entre ses héritiers et les Frères Prêcheurs. Tout cela sautait et cabriolait de joie autour de Matteo retrouvé ; Rosita s'empressa de sortir en emmenant Colombine.

Je dois dire que le spectacle annoncé pour le soir, avec la permission des autorités, n'eut pas lieu ; mais bien d'autres se firent, par la suite, brillants et magnifiques ; car Matteo ne voulut pas recevoir le don de Rosita, pas plus que celui du vieux comte, avec qui, du reste, il fut toujours en affectueuse correspondance, aussitôt que sa fureur fut calmée, et qui même vint le voir une fois à Gaëte.

Matteo, donc, redevint Scaramouche. De plus, d'après le conseil de Rosita que lui apporta Colombine, il épousa cette fois ladite Colombine et fut avec elle aussi heureux qu'on peut l'être sur la terre.

Deux auteurs célèbres ont estimé que se marier c'était faire une fin : Le Sage termine ainsi son immortel *Gil Blas;* Victor Hugo, ne sachant plus que faire du capitaine Phébus, le marie ; il assure même que ce genre d'épilogue peut être assimilé à une fin tragique. Ce mot me semble trop dur, en général, et point applicable au cas particulier que je traite. Je me contenterai donc de répéter que Scaramouche se maria. Pour la vie du capitaine Corybante, elle se trouve probablement parmi les biographies des grands hommes de guerre de cette époque.

ADÉLAÏDE

MADAME DE HAUTCASTEL *arrangea commodément sa jolie tête sur le dossier de son fauteuil; chacun fit silence et le baron parla en ces termes :*

L'année même où Frédéric de Rothbanner sortit de l'Académie militaire pour entrer aux chevau-légers, Elisabeth de Hermannsburg le distingua. Ce fut une sorte de coup de théâtre. Rien n'avait préparé la société à une chose si singulière et, dans le premier moment, les clameurs furent infinies. Le gros Maëlstrom, soupirant déclaré de la comtesse depuis des années et surtout Bernstein, dont les folies pour elle étaient si connues, folies qu'incontestablement elle avait encouragées, jetèrent feu et flammes et ne manquèrent pas de partisans. Le grand duc lui-même se laissa toucher par l'indignation générale et adressa à la coupable une épigramme si aiguë qu'elle aurait dû en rester transpercée ; mais elle répondit vertement à Son Altesse Royale, et, pourtant, sous une couverture tellement respectueuse, que les rieurs passèrent de son côté. Bref ce qui était, fut et resta tel sans qu'on y pût rien changer. Au bout de six mois tout le monde, sauf les deux transis évincés, en avait pris l'habitude et il n'en était plus question.

Cependant, en apparence du moins, rien de plus absurde. Elisabeth avait trente-cinq ans et était dans l'éclat parfait de sa beauté, avec une réputation d'esprit grandissant chaque jour et qu'il était impossible de surfaire. De son côté Rothbanner, pour faire admettre son bonheur, n'exhibait que ses vingt-deux ans, une jolie tournure et rien encore de cette valeur intrinsèque qu'on lui a reconnue depuis; mais alors ce joyau était caché dans sa coquille. Pour déterminer ce qui était arrivé, il avait fallu cette profondeur de réflexion et cette sagacité d'égoïsme, dons précieux de la comtesse, la plus accomplie des créatures en toutes choses et surtout dans cette sagesse des enfants du siècle qui mène ceux qui la possèdent à n'avoir pas volé la damnation éternelle. Elisabeth de Hermannsburg avait pensé qu'au comble de sa gloire elle était bien voisine de la pente qui allait la conduire à en descendre. Elle avait monté dans les fleurs; il allait falloir bientôt descendre dans les ronces. Pour savoir ce qu'une femme adorée devient d'ordinaire, elle n'avait eu besoin que de jeter les yeux autour d'elle, et les jardins d'Armide où elle régnait lui avaient montré en foule leurs gazons verdoyants peuplés de vieilles cigales dont les voix prophétiques n'étaient comprises de personne hormis d'elle-même. Elle examina l'une après l'autre la destinée de chacune de ces tristes métamorphosées et elle crut pouvoir admettre que la cause de leur malheur était à trouver dans l'insouciance avec laquelle chacune avait lié son bonheur à un homme qui la dominait, et qui, partant, le pouvait briser aussitôt que son cœur, à lui, conseillerait la désertion.

Elle se dit : je ferai un heureux. J'aurai un esclave qui me devra tout, et le premier succès et le premier bonheur et la première gloire et la première expérience. Il m'adorera et, si je l'adore, je ne le lui dirai pas comme je le sens, et je règnerai sur lui ; je l'entraînerai où il me plaira qu'il aille et je le connaîtrai à fond, tête et cœur, bien et mal, vices et vertus ; des premiers je flatterai ceux qui me serviront, des secondes j'étoufferai celles qui pourraient se dresser contre moi. Je l'aurai tout à moi, d'abord parce qu'il sera très jeune et se donnera sans réserve, et je profiterai de ce moment pour le pétrir et le repétrir de telle sorte, que s'il songe jamais à se révolter, il n'aura plus ni nerfs ni muscles pour servir son intention ; de cette façon-là, je réaliserai une des plus belles fictions des romans, j'aurai créé un des amours hypothétiques qui durent toujours et jusqu'à mon dernier soupir, si cela me plaît, je serai servie, je serai aimée ; du moins le monde, et c'est l'essentiel, me croira telle ; enfin, en admettant que ce soit là une chaîne propre à devenir lourde, moi et non pas lui, ma volonté et non la sienne, décidera de la rupture.

Quand elle vit Rothbanner pour la première fois, il lui plut assez pour qu'elle le marquât en sa pensée du signe de sa possession. Elle prit juste le temps de se convaincre qu'il avait du cœur et tout fut fait ainsi qu'elle l'avait décidé. Il va sans dire que Rothbanner se trouva d'autant plus heureux qu'il ne douta pas de l'avoir perdue et d'en avoir tout reçu.

Les choses marchèrent ainsi très bien pendant cinq ans et chacun peut porter témoignage que pas une distraction, pas une marque d'ennui ne fut surprise chez l'amant. Madame de Hermannsburg avait alors quarante années échues et les choses allaient à merveille, quand, aussi sottement et mal à propos que tout ce qu'il avait fait dans sa vie, son mari s'avisa de mourir, ce qui fut le signal de la catastrophe, car il se découvrit des mystères que personne n'aurait jamais été soupçonner.

Au bout d'un an de deuil, la comtesse qui, depuis dix-huit mois environ, paraissait souvent préoccupée et d'une gaîté un peu extrême, pressa Rothbanner de reconnaître ce qu'elle avait fait pour lui, en mettant fin par un mariage à l'irrégularité notoire de leur position. Rothbanner fut surpris et, ce qui n'était pas adroit, il faut en convenir, montrant plus de bonne foi que d'amour, il le laissa voir. Du reste il y avait de quoi s'étonner ; la comtesse, de sa nature esprit fort, ne s'était jamais beaucoup préoccupée des questions au-dessous d'elle. Son rang dans le monde, son sang-froid et, pour tout dire, son audace, avaient toujours commandé et obtenu le respect, et il était convenu qu'on lui pouvait et devait passer beaucoup de choses. Rothbanner objecta à la fantaisie de la dame que sa délicatesse s'opposait absolument à satisfaire le désir exprimé ; il était pauvre et il paraîtrait avoir abusé de son influence pour des motifs peu honorables ; on le croirait d'autant mieux qu'en définitive une fort grande différence d'âge existait entre lui et la comtesse, et les unions contractées malgré de pareils empêchements donnent toujours à gloser. Ensuite, il était catholique, la comtesse protestante, et sa famille, à lui, qui passait sur beaucoup de choses, sous le manteau de la cheminée, trouverait certainement à redire, et très fort, à une sorte de renonciation publique à des principes héréditaires. Enfin, et c'était là son suprême argument, il répéta à satiété qu'il ne voyait pas pourquoi un bonheur si long, si soutenu, si exempt de nuages serait troublé, évidemment troublé, par la manie de changer le bien en mieux.

Tout cela fut bien dit, bien exposé ; cependant la comtesse resta ferme dans sa proposition et ne daignant prendre au sérieux qu'une seule des objections, elle s'en alla un matin, sans rien dire à Frédéric trouver l'Evêque de B*. Elle fit part au prélat de son désir de se convertir. Le prélat qui n'y entendait pas malice, fut naturellement touché, enchanté. La néophyte avait justement le genre d'esprit qu'elle voulait avoir ; elle alla au devant de toutes les instructions, étourdit les abbés qu'on lui donna pour maîtres par la variété et l'orthodoxie de ses connaissances théologiques et, ma foi, par un beau dimanche, le troisième après Pâques, je crois, elle fit tranquillement son abjuration dans la cathédrale de B*, à la stupéfaction profonde du public. Le lendemain elle revint à la charge auprès de Rothbanner et le somma de l'épouser.

La conversation entre les deux contendants fut d'abord affectueuse et parfaitement tendre ; puis elle devint un peu sèche et quand la comtesse se fut bien convaincue que la victoire ne viendrait pas toute seule, elle prit son parti et mit le fer sur la gorge de l'antagoniste.

— Ainsi, bien décidément, lui dit-elle, en le regardant avec des yeux dont il n'avait pas encore vu l'expression âpre et décidée, ainsi vous ne consentez pas?

— Je ne peux pas.

— Vous ne pouvez pas?

— Je vous l'ai expliqué.

— Eh bien donnez-moi encore toutes vos raisons!

Il énuméra de nouveau et non sans une nuance de colère, tout ce qu'il avait déjà répété vingt fois.

— Ce sont là vos raisons?

— Vous le voyez bien.

— Pourquoi ne me donnez-vous pas la seule véritable?

— Qu'entendez-vous par là?

— Je vous demande pourquoi vous ne me dites pas franchement le motif sérieux qui vous empêche de me céder?

— Je ne sais ce que vous entendez par là!

— J'entends votre liaison avec ma fille!

— Oh! Madame!

— Avec ma fille! vous dis-je; nous voilà, enfin, en pleine bonne foi et c'est ainsi que nous allons nous expliquer.

On peut s'imaginer l'attitude des deux lutteurs; car d'amants il n'en était pas question dans ce moment-là. Elisabeth pâle de cette pâleur de l'homme de guerre causée uniquement par la rage de vaincre; Frédéric, pâle, mais de la pâleur de l'animal pris dans un piège dont il voit peu de chances de se tirer.

— Monsieur, dit la comtesse, je ne vous ferai pas de reproches; calmez-vous, rassurez-vous. Ce n'est pas moi qui puis être votre juge. J'en ai perdu le droit du moment que j'ai abdiqué toute dignité. C'est moi qui vous ai introduit dans cette maison, qui vous y ai fait régner, qui en vous accablant de tout pouvoir, vous ai donné toute licence. Il est naturel que vous en ayez abusé jusqu'au crime. Oh! ne vous révoltez pas! Au point où en sont les choses, si je puis et dois vous épargner les reproches, il est au moins naturel que vous consentiez à envisager la vérité en face. Si elle n'est pas belle, convenez que sur ce point du moins, ce n'est pas à moi qu'il faut s'en prendre. Vous avez trouvé une enfant toute jeune, incapable de rien comprendre, de rien savoir, de rien prévoir. Mais laissons le passé et songeons à l'avenir. Vous et moi avons donné tant de scandales au monde que je vous avoue mon impuissance à y en ajouter un nouveau. Peut-être auriez-vous la condescendance d'épouser mademoiselle de Hermannsburg si je vous en pressais; mais notre relation a été si publique que la pensée seule d'une pareille monstruosité me fait horreur. Ce sont des arrangements assez ordinaires, je ne l'ignore pas; mais ils ne vont pas à mon tempérament et je ne vois qu'une chose à faire : régulariser notre position mutuelle d'abord; éloigner mademoiselle de Hermannsburg pour quelque temps et la marier. De cette façon tout peut se réparer encore et je ne saurais imaginer qu'il puisse vous entrer dans l'esprit de refuser la seule réparation en votre pouvoir.

Dans ce que venait de dire Elisabeth et qui ne se coordonnait pas trop mal, il y avait du vrai, du douteux et du faux; c'est ce que l'entrée subite d'Adélaïde de Hermannsburg dans le boudoir de sa mère mit sous le jour le plus lumineux. Adélaïde venait d'atteindre ses dix-huit ans. Elle était blonde extrêmement, blanche à éblouir; une taille de reine, des bras admirables, rien d'une jeune fille, beaucoup d'une impératrice, au grand moins l'esprit de sa mère, son audace et sa hauteur implacable, et en plus, ce qui n'était pas à dédaigner, le sentiment parfaitement défini qu'elle tenait le pas comme femme aimée vis-à-vis de celle qui ne l'était plus, et comme beauté dans sa fleur vis-à-vis de la rose plus d'à demi effeuillée. Quant à une notion quelconque des rapports de fille à mère, pas l'ombre.

Il faut avouer qu'entre ces deux olympiennes, le pauvre Frédéric Rothbanner, si doux, si poli, si affectueux toujours, si spirituel quand rien ne presse, ne faisait pas grande mine et je me l'imagine assez, accoudé sur le marbre de la cheminée, dans son attitude toujours élégante et correcte, mais ne trouvant pas le plus petit mot à dire.

Elisabeth fut un peu surprise de l'apparition de sa fille et, par son hésitation, elle perdit l'avantage de l'attaque. D'ailleurs elle ne savait pas ce que la jeune demoiselle avait dans l'esprit.

— Madame, dit mademoiselle de Hermannsburg d'un ton froid et léger, je vous demande pardon d'entrer ainsi chez vous; mais comme je suppose que monsieur vous a déjà parlé, vous comprenez que la question m'intéresse et si j'ai sujet de me mêler de mes propres affaires. Depuis quinze jours déjà M. de Rothbanner m'annonce son intention de vous demander ma main; j'y ai consenti, mais, chaque matin et chaque soir, il m'allègue quelque raison pour n'avoir rien fait encore. Je désire la fin de cette situation et si Monsieur vous a fait connaître nos intentions, je tiens à le savoir; s'il n'a rien dit, je désire qu'enfin il s'explique.

— Mademoiselle, répondit la comtesse, vous n'épouserez pas M. de Rothbanner.

— Pourquoi, madame?

— Parce que M. de Rothbanner m'appartient et m'épouse.

— Répondez, Frédéric, dit Adélaïde en se tournant d'un air hautain vers le jeune homme. Celui-ci se trouva en face de deux paires d'yeux qui le tenaient en joue et on ne peut pas assurer qu'il fût à son aise. Il cherchait à condenser quelque chose de conciliant dans une phrase qui ne déterminât pas une explosion, quand la comtesse prit la parole.

— Mon Dieu! Je ne comprends pas très bien ce débat et il serait ridicule, il faut en convenir, si votre inexpérience ne l'excusait un peu. Rentrez chez vous et pensez à autre chose.

— Madame, reprit violemment Adélaïde en croisant les bras sur sa poitrine et en portant alternativement sur sa mère et sur Frédéric des regards où la tempête éclatait, comme je n'ai rien à ménager, je demande ce qui m'appartient. Et vous, parlez! dit-elle en frappant du pied; vous savez ce qu'il vous appartient de déclarer!

— Et moi encore mieux! s'écria Elisabeth; tenez, finissons-en et pas de mélodrame! J'ai l'horreur des scènes et du mauvais ton. Vous pouvez être assurés tous deux que je ne me laisserai écraser ni par l'un ni par l'autre, mais que je vous écraserai l'un et l'autre peut-être. Vous, mademoiselle de Hermannsburg, vous n'êtes pas majeure et je vous mettrai dans un couvent, en disant pourquoi; vous, M. de Rothbanner, vous vous débattrez avec l'opinion publique qui, peut-être, comprendra mal que dans une maison, la mienne! vous vous soyez permis tant de libertés. Je ne vous donne pas une heure pour choisir, je vous donne une minute. Ou moi, ou ce que j'ai dit! Répondez!

Adélaïde prononça les mots qui suivent en serrant les dents mais d'une manière fort distincte, et en même temps elle regardait le jeune homme en face :

— Le couvent, le déshonneur le plus complet, l'abandon même de votre part, tout! mais que cette femme ne triomphe pas!

La comtesse revint, la minute achevée.

— Eh bien? murmura-t-elle.

Je ne dis pas que Frédéric joue ici un beau rôle; mais le sort ne donne pas toujours à choisir ce qu'on voudrait parmi les personnages de la comédie de la vie. Choisir! C'était là fort mal aisé et je le donnerais en cent aux plus habiles; il était clair qu'en obéissant à Adélaïde, Frédéric n'avait ni la personne de la jeune fille ni aucun des avantages de l'amour; mais en désobéissant à la comtesse, il était déshonoré à tout jamais, perdu pour le monde, chassé certainement de l'armée, obligé de s'expatrier, et il n'avait pas le sou, ce qui aggravait singulièrement la situation, ne perdez pas ce point-là de vue. Aussi sa perplexité peut-elle être peu héroïque, elle n'en est pas moins assez concevable.

Naturellement, ne sachant au monde quel parti prendre, il prit celui de perdre contenance et son nez rougit légèrement, ses yeux devinrent humides et il tira son mouchoir de sa poche pour se moucher. Ces différents symptômes produisirent sur les deux femmes des effets très contraires; Adélaïde sourit avec dédain et sortit de la chambre; la comtesse se posa en face de Frédéric et lui saisit les mains.

— En retour, lui dit-elle, je vous pardonne tout, j'oublie tout, je ne vous retire rien du dévouement aveugle que depuis tant d'années je vous porte et que vous connaissez si bien! Je ne suis ni une sotte ni une bourgeoise. Eh! mon Dieu, Frédéric, à mon âge on ne se sauve que par la bonté et l'indulgence. Vous êtes jeune... vous avez été entraîné autant qu'entraînant... tout s'oubliera.

Elle parla ainsi pendant une demi-heure sur le ton de l'affection la plus maternelle. Un autre genre de tendresse n'eût pas été de mise à ce moment et elle le comprenait comme elle comprenait tout. N'admirez-vous pas aussi avec quel art consommé elle avait supposé d'abord partie gagnée et ville conquise? Frédéric eut bien l'idée de le contester, mais il perdit du temps à réfléchir à la meilleure manière d'essayer son opposition et il se trouva au bout d'un quart d'heure si bien enguirlandé, paqueté, emballé, cloué dans sa caisse que... ce n'est pas qu'il n'eût par moments des spasmes et des soubresauts; mais rien de plus inutile! Cet ange d'Elisabeth comprenait tout, excusait tout, ce n'était plus une amante irritée, ce n'était pas même une future épouse peu exigeante sur la théorie de ses droits, ce n'était pas une Ariane raccommodée avec Thésée par l'entremise de Bacchus, c'était une sœur de charité! Enfin il n'y a qu'un mot qui serve : mademoiselle de Hermannsburg qui notoirement avait adoré son père, s'en alla passer trois mois chez une de ses tantes à l'époque du mariage de sa mère avec Rothbanner, mais comme il n'était pas moins notoire qu'elle adorait autant sa mère que son père, les trois mois n'étaient pas écoulés qu'elle remuait ciel et terre pour retourner auprès d'elle, ce qui, vu la résistance opposée à son désir, détermina l'ouverture d'une campagne stratégique auprès de laquelle les plus savantes manœuvres des généraux anciens et modernes ne sauraient que pâlir.

La comtesse disait à toutes ses bonnes amies :

— Ma fille est un prodige de dévouement et d'abnégation! Qu'elle n'ait pas de goût pour son beau-père, je ne saurais le trouver mauvais et je lui en veux d'autant moins que dans toutes les lettres qu'elle m'écrit, elle est parfaite à cet égard de convenance et de mesure; mais il ne m'est pas difficile de démêler sa pensée. Adélaïde est trop pure et trop naïve pour savoir dissimuler. Si elle insiste tant pour revenir auprès de moi, savez-vous la pensée qui la dirige? Elle s'imagine que mon jeune mari ne me rendra pas heureuse et elle veut être là pour me consoler et me soutenir. Elle a conçu ce roman dans sa petite tête et n'en veut pas démordre jusqu'à présent ; mais cette fantaisie passera et je tiens à ce qu'Adélaïde reste chez sa tante Thérèse jusqu'à l'époque de son mariage. Elle y est parfaitement heureuse et vous comprenez que même ce qu'il y a de passion dans sa tendresse pour moi m'oblige à un sacrifice, le plus grand que je puisse faire assurément ! celui de me séparer pour un temps d'une enfant si chère et qui jusqu'à présent ne m'avait jamais quittée!

De son côté Adélaïde disait à qui voulait l'entendre : — Ma mère sera certainement malheureuse avec M. de Rothbanner. Elle n'eût pas dû se remarier; mais ce n'est pas à moi, sa fille, qu'il appartient de la blâmer ; je ne puis voir et je ne vois que ses périls ! C'est la meilleure des mères ! Quoi qu'elle fasse, par un sentiment exagéré de son affection, je sais que je lui suis indispensable! Je lui sacrifierai ma vie, je ne veux qu'elle, je n'aime qu'elle! Je retournerai auprès d'elle et je ne me marierai jamais!

Elle se mit en devoir de tenir parole. On lui présenta, vous vous en souvenez peut-être, Philippe de Rubeck; soixante mille florins de revenus en bien-fonds, beau nom, trente-cinq ans, jolie figure! Elle le refusa. A la suite, comparurent deux ou trois autres prétendants qui n'étaient guère moins convenables. Ils furent évincés de même. La grande duchesse s'en mêla et fit venir Adélaïde pour la sermonner. Celle-ci pleura excessivement, demanda sa mère, voulut sa mère, eut une attaque de nerfs, si bien que notre excellente souveraine n'y voyant que du feu, se tourna toute entière au parti d'Adélaïde et dit à une ou deux reprises que madame de Rothbanner n'avait pas raison.

Celle-ci commença à se trouver dans un certain embarras, mais elle tomba bientôt dans une perplexité pire. Elle avait l'habitude assez judicieuse d'aimer à se rendre compte de tout. Les principes sont choses admirables; malheureusement, dans l'état d'imperfection où s'agite la nature humaine, ils nécessitent des applications rarement irréprochables. Il arrivait à Elisabeth d'exécuter des visites domiciliaires chez son mari pendant que celui-ci était dehors. Un beau jour, elle tomba sur un billet d'Adélaïde et bien que le texte fût insignifiant ou, pour mieux dire, incompréhensible, il en résultait que ce billet avait eu des frères aînés et aurait certainement des cadets en quantité inappréciable. Cette découverte conduisit madame de Rothbanner à éclaircir de plus en plus près la conduite de Frédéric; elle ne fut pas tout à fait certaine que, sous prétexte d'affaires de service, il s'absentait de la ville, mais elle eut lieu de le soupçonner. Le fait est que les chevaux du mari étaient surmenés. De sorte que pressée de toutes parts, blâmée par la grande duchesse, tenant surtout à conserver sa position de mère incomparable, clef de la situation dans la manœuvre qu'elle suivait, se voyant tournée par l'ennemi, que dis-je, soupçonnant cet ennemi d'avoir dans la place les plus belles intelligences, elle se décida à un changement de front, écrivit à Adélaïde que ses supplications l'avaient vaincue, l'alla chercher elle-même chez la tante Thérèse et la ramena en triomphe. Il n'en est pas moins vrai qu'ayant gagné la première manche, elle venait de perdre la seconde et elle avait trop de sens pour chercher à se le dissimuler. Aussi ne montra-t-elle aucune humeur, ni en public, ni en particulier.

Mais je m'aperçois que me laissant trop entraîner par le courant des faits, je ne vous ai pas arrêté assez longtemps sur la personne même d'Adélaïde. Il est cependant essentiel de vous faire bien connaître cette remarquable créature, et pour la juste appréciation que vous pouvez désirer faire de ce que je viens d'avoir l'honneur de vous exposer, et pour celle de ce qui va advenir. Très belle, très intelligente, et d'une intelligence aventureuse et sans scrupule aucun, outrageusement gâtée par son imbécile de père, pour qui elle avait le plus souverain mépris, absolument abandonnée, même ignorée par sa mère, que des occupations de toute nature absorbaient, Adélaïde avait eu pour unique guide dans la vie sa gouvernante anglaise, miss Dickson, très sentimentale, très adonnée à la philosophie nuageuse, aimant le sherry, ne détestant pas le grog et se saturant en secret le moral de romans français capables de faire rougir des gendarmes et qu'elle avait grand soin de passer à sa pupille.

Dès l'âge de quatorze ans, Adélaïde avait su ce que M. de Rothbanner faisait dans la maison et comme miss Dickson ne lui ménageait pas les commentaires sur ce point, ce que sa jeune tête n'eût pu encore concevoir lui était facilement élaboré et transmis dans sa réalité la plus authentique par les connaissances supérieures de la demoiselle anglaise. Supposons un instant que le docteur Gall eût pu interroger la tête charmante de mademoiselle de Hermannsburg; je ne fais pas de doute qu'il y eût reconnu au degré suprême l'organe de la combativité, et en effet l'amour de la lutte dominait de bien loin tous les autres penchants

d'Adélaïde et pendant la vie entière de
cette héroïne, ces penchants étant, grâce à
Dieu, devenus des passions avec le temps,
l'amour de la bataille a chez elle prédo-
miné sur tous les autres genres d'amour.
Elle s'imagina vers sa seizième année que
ce serait la plus belle chose du monde que
de se jeter à la traverse des sentiments de
sa mère et de détourner de son propre
côté, et à son profit exclusif, ce qui devait
avoir tant de valeur puisque l'on paraissait y tenir si fort. Outre ce qu'une conquête avait en elle-même de désirable et
de glorieux, outre qu'il était à regretter
qu'à seize ans on n'eût pas encore pris
garde à elle, outre que le bien d'autrui
est nécessairement plus enviable que le
bien qui n'appartient à personne, comme
sa mère était en définitive l'être le plus
puissant dont elle eût la notion, elle ne
conçut rien de si chevaleresque, de si
vaillant, de si hardi, de si digne d'admi-
ration que d'affronter sa mère et, si elle
pouvait, de la battre et de la dépouiller.
Remplie d'un projet si généreux, elle ne
perdit pas une minute à en poursuivre la

réalisation et, subitement, sans transition aucune, Frédéric de Rothbanner se vit l'objet des attentions passionnées et bientôt des déclarations brûlantes de ce petit monstre, la plus jolie, la plus sipirituelle, la plus séduisante des filles de la Résidence.

Il en éprouva d'abord l'étonnement le plus prodigieux. Il se refusa à y croire. Il chercha à fuir l'enchanteresse, mais la chose était difficile puisqu'il lui fallait passer sa vie dans la maison. Il aurait dû, peut-être, prévenir la comtesse; mais il était si doux, si poli, si éloigné de tout ce qui ressemble à des violences, qu'il lui eût été, dans tous les cas, fort difficile d'aborder une pareille démarche dont les conséquences l'épouvantaient. Epouvanté, il le fut bientôt plus encore quand aux attendrissements, aux regards profonds succédèrent des scènes pathétiques et des menaces violentes de se tuer. Un soir, la comtesse qui avait dû rester très tard à la Cour à cause d'une réception d'un prince voyageur, rentra sans défiance, et toutes les infortunes du monde étaient consommées. Frédéric s'était indignement conduit, son désespoir était sans bornes, il se condamnait sans ménagements ; il comprenait très bien, trop bien, que ce n'était pas une excuse que de mettre au défi tous les patriarches de l'Ancien Testament et notamment le plus convenable de tous, d'avoir pu affronter une pareille aventure ; le fait est qu'il avait tort. Mais s'il avait tort, impossible d'en revenir, et, la faute commise, le remords, au lieu d'étouffer l'amour, donna des forces à ce qui n'avait presque pas même été une fantaisie, si bien qu'il devint passionnément épris de l'ange des ténèbres dont la griffe tenait son cœur.

Et elle aussi, Adélaïde, devint éprise de lui à la rage. Vous pensez que je n'ai nulle intention de vous faire une apologie de ce petit Satan. Mais il ne faudrait pas être injuste non plus. Détestablement élevée, complètement abandonnée dès sa petite enfance, n'ayant jamais trouvé en sa mère que l'indifférence la plus glacée et commençant à sentir que dans la mesure où sa beauté se développait elle allait y faire naître la haine, douée, comme je l'ai dit, de la fureur des combats, fureur en soi admirable et qui n'est pas l'indice d'une âme vulgaire, elle n'avait rien fait jusqu'alors que de fort coupable sans doute, mais rien non plus qui fût de bas-lieu; si on avait pu lui donner Frédéric comme elle le voulait, certainement elle se serait mise à l'aimer tout de bon et je ne vois aucune raison pour penser qu'elle n'eût pu devenir une excellente et digne femme, si peu qu'elle eût été éloignée du milieu déplorable où elle avait vécu jusqu'alors. J'ajouterai cependant que la direction d'une main sage, ferme, et d'une âme grande, n'eût pas été de trop pour ramener une nature aussi véhémente et je ne connais personne à qui j'eusse conseillé d'entreprendre une telle éducation.

Cette observation nécessaire pourrait bien, je le sens trop, réduire à néant toute ma théorie. Rothbanner, nous le connaissons, est assurément ce qu'on appelle un homme distingué; les gens spéciaux, les militaires vous diront qu'il a introduit une amélioration notable dans la construction de la culasse des obusiers; il passe à bon droit pour bon administrateur; on l'aime fort dans le monde où il ne porte que les meilleures façons et le ton d'une bienveillance universelle. Mais avec tout cela, il me fait exactement l'effet d'un chapeau de Paris. C'est ravissant, bien chiffonné, d'un air exquis, ça coûte très cher, et quand on analyse le fait, ça ne vaut pas quatre sous de bon argent. Les gens comme Rothbanner sont comme les vélocipèdes; ils ne roulent que sur les trottoirs; hors des trottoirs, ça tombe. Moi, j'aime mieux les gens qui sont gênés sur les trottoirs, mais qui peuvent très bien marcher dans les bois.

Quoiqu'il en soit de ma digression, voilà Adélaïde revenue où elle voulait aller et installée au cœur de sa conquête. Elisabeth n'eut pas même deux heures devant elle pour organiser les barricades. Aussitôt qu'aux yeux de toute la maison attendrie, les deux femmes se furent embrassées, Adélaïde suivit sa mère dans sa chambre, poussa le loquet, s'assit et fit le discours suivant :

— Madame, puisqu'il vous a plu de faire le malheur de ma vie, vous ne trouverez pas extraordinaire que je vous rende la pareille. Vous devez bien sentir que la partie n'est pas égale entre nous!

— Vous êtes la plus forte?

— Assurément et je ne compte pas vous rien céder.

— Je m'y attendais et c'est pourquoi je vous cède tout. M. de Rothbanner est ici et je vais le faire appeler.

Le verrou ouvert, Elisabeth sonna, fit demander son mari, celui-ci se présenta. Elle sortit et le laissa seul avec Adélaïde. M. de Rothbanner prenant un air digne et froid rendit à la jeune demoiselle les lettres qu'il en avait reçues depuis le séjour chez la tante Thérèse et se jeta dans les considérations les plus vraies, les plus incontestables sur le présent et sur l'avenir. Il prouva sans peine que sa conscience d'honnête homme était engagée à mettre fin à une situation injustifiable à tous les égards; qu'il se considérerait comme le dernier des misérables s'il avait la faiblesse de dévier de son devoir si clair, si naturel, si nécessaire; il peignit vivement et avec sensibilité, la reconnaissance dont lui, le cadet sans ressources, était et devait être pénétré pour une femme qui avait fait sa fortune, il se condamna pour ce qui avait eu lieu et supplia Adélaïde de se marier. Il parla très bien, oh! très bien! et quand il eût fini, il se leva et voyant qu'Adélaïde regardait fixement devant elle et ne répondait pas un mot, il sortit. Elle avait perdu la troisième manche.

Ma foi! huit jours n'étaient pas passés que Christian Grünewald lui faisait la cour. Vous savez bien, ce petit Christian, mon cousin, qui avait un si joli cheval provenant du haras du feu roi de Wurtemberg? Vous ne vous rappelez pas?... Enfin, cela importe peu; ce qui est certain, c'est qu'il se mit, comme je vous le disais, à lui faire la cour et il fut très bien accueilli par elle. On commença à en parler partout. Chez madame de Stein on dit même que la corbeille avait été commandée à Paris. Madame de Rothbanner discrètement interrogée, ne répondit pas précisément, mais laissa entendre qu'on ne lui parlait pas de choses impossibles. Ce que le monde voyait de la façon la plus claire, c'est que la santé d'Elisabeth assez chancelante depuis quelque temps se rétablissait à vue d'œil et l'air de félicité parfaite établi sur son visage était de nature à pousser toutes les femmes d'un certain âge à épouser des jouvenceaux. On était au plus fort de cette affaire qui intéressait la société entière, quand le ministre de la guerre donna son grand bal annuel.

Quelques personnes remarquèrent de bonne heure que Rothbanner dans sa grande tenue d'aide de camp qui, par parenthèse, lui allait à merveille, ne sortait pas de l'embrasure d'une porte où il était à moitié caché par un rideau. Il était pâle comme un mort. Vers une heure du matin, Adélaïde, belle à tourner la tête à l'univers, d'une gaîté étourdissante, ayant semé à droite et à gauche mille mots charmants qu'on répétait, n'avait pas quitté une minute le bras de Christian fou, ivre, délirant de bonheur (le bonheur lui sortait par tous les pores, au brave garçon, et le camélia qu'il avait à la boutonnière semblait le respirer!) Comme on venait de finir une valse, le couple heureux se promenant de droite et de gauche, en recueillant partout des sourires, arriva à la porte où se tenait Rothbanner adossé contre la boiserie. Adélaïde s'arrêta devant cet homme qui de pâle devint livide. Elle le considéra un instant sans parler, puis d'une voix pénétrante, elle lui dit en le regardant dans le fond des yeux d'une façon singulière :

— Veux-tu que je le chasse?
— Oui, répondit Frédéric.

Mon Dieu! ce n'est pas grand'chose qu'un oui, pas plus qu'un non, et il ne faut guère de temps pour émettre de pareils monosyllabes. Mais si vous voulez un peu vous représenter la nature pliante et molle de Frédéric, et ce qu'il lui avait évidemment fallu de tortures pour le hausser jusqu'à l'expression si nette et si absolue d'un désir, vous serez d'avis que jamais parole humaine n'a contenu plus de passion que ce oui-là.

Il était à peine prononcé que, se tournant vers son partner et dégageant son bras du sien, mademoiselle de Hermannsburg s'écria :

— Mon Dieu, mon cher Christian! comme vous me fatiguez! Depuis un mois tout à l'heure, si je calcule bien, vous me répétez, chaque soir que Dieu fait, la même chose! Savez-vous ce qui en résulte? C'est, et je l'ai appris ce soir par hasard, qu'on prétend que je vous épouse! Allons donc! Faites-moi désormais l'amitié de me laisser tranquille et jusqu'à ce que ces bruits ineptes aient cessé tout à fait, je vous défends de me parler. Monsieur de Rothbanner, donnez-moi votre bras, s'il vous plaît.

Georges de Zévort se trouvait là et il entendit ces propos avec vingt personnes aussi distinctement que je vous les dis; il n'eut que le temps tout juste d'étendre les bras pour y recevoir le pauvre Christian qui tomba comme foudroyé. On lui fit prendre un verre d'eau, on l'emporta chez lui; il en fit une maladie, je ne sais laquelle, et on prétend même qu'il en a contracté un tic nerveux incurable. Quand madame de Rothbanner apprit les nouvelles, elle demanda de suite ce qu'était devenue sa fille; personne n'en savait rien. Seulement on l'avait vue prendre le bras de Frédéric. Ils n'étaient plus au bal ni l'un ni l'autre; le temps de s'en assurer, le temps d'appeler la voiture, le temps de la faire avancer à travers une queue interminable, tout cela dura, et il se passa bien deux heures avant qu'Elisabeth exaspérée pût rentrer chez elle. Il lui fut impossible de savoir où était son mari, où était sa fille; toutes les portes étaient fermées à clef excepté la sienne et elle n'était pas femme à prendre ses domestiques pour confidents. Maintenant, je vous laisse vous la figurer, seule dans sa chambre pendant cette nuit-là. Imaginez un peu l'état de cette âme tout domination, toute puissance, tout orgueil... Que de haine, n'est-ce pas?

Le lendemain s'ouvrit, pour les deux coupables, un paradis d'enchantement. Toutes les passions satisfaites à la fois! Victoire, vengeance, amour, bien joué, tout cela formait la part d'Adélaïde; celle de Frédéric se composait d'une jalousie détruite, d'une atroce souffrance abolie, d'une passion arrivée par la résistance au dernier degré d'insanité et qui n'avait plus rien à souhaiter! Nous ne pouvons guère nous représenter, nous autres gens paisibles, ce que peuvent être, ce que doivent être, ce que sont nécessairement les transports et les jouissances de fous pareils. Pour peu que les lois physiques s'appliquent à l'amour comme au reste des choses de ce monde, il est clair que la force d'expansion est en raison des obstacles qu'elle fait sauter et que la fille la plus aimante du roman bénin d'Auguste Lafontaine, le jour où elle épouse par devant notaire le plus candide et le plus adoré des commis de Chancellerie, ne saurait l'aimer comme une Adélaïde! Reste à savoir si l'amour d'une Adélaïde ne nous ferait pas nous-mêmes éclater comme une machine à vapeur mal construite. Du matin au soir, Frédéric et Adélaïde ne se quittaient plus. On les rencontrait dans les bois pendus au bras l'un de l'autre. Cette fille singulière avait du goût pour tout, du talent pour tout.

Elle lisait les vers comme personne, chantait comme autrefois la Sonntag, donnait à la musique des sens que personne n'avait été chercher! De tout cela, après bien autre chose, elle grisait Frédéric et ils cueillaient ensemble des pervenches et des germandrées! On rentrait tard pour dîner, on ne s'imposait aucune contrainte devant Elisabeth et chacun sut par la ville que, décidément, cette chère Adélaïde s'était habituée à son beau-père; elle lui montrait beaucoup d'amitié; on félicita l'heureuse madame de Rothbanner qui, fière comme le cacique indien attaché par l'ennemi au poteau de torture, accueillait ces compliments avec le plus doux sourire.

Au bout d'un mois, la scène changea. Frédéric se dit à lui-même : je suis indigne de vivre!

Entre nous, je crois qu'il était la machine à vapeur mal construite, et pas trop capable de porter l'amour d'une Adélaïde. Il commença à devenir sombre. Peut-être avait-il dit à madame sa femme quelques mots offensants dans les jours de sa félicité.

Il devint doux comme une fille. Il trouva sa victime angélique et fut remercié avec larmes. Adélaïde prit les choses de très haut et maltraita vivement l'un et l'autre. Ce n'était pas une nature à concessions. Ce que voyant, Frédéric formula quelques vérités morales d'une grande portée, d'où résulta une explication violente dans la chambre d'Adélaïde. De paroles en paroles on s'échauffa et ce matin-là Fédéric déjeuna en tête à tête avec Elisabeth. Il voulut cependant, dans la journée, monter chez mademoiselle de Hermannsburg pour lui faire apprécier un plan de conduite entièrement nouveau dont l'idée lui était venue, mais il apprit que sa belle-fille était allée passer la journée chez une de ses amies. Ce jeu-là continua pendant quatre ou cinq jours. Frédéric devint troublé et inquiet, et Elisabeth toujours résistant, toujours espérant, toujours luttant du moins, mais se sentant cruellement maltraitée par le sort qu'elle s'était fait, continua, en y usant les ressorts de sa volonté, à garder la couverture de mansuétude dans laquelle elle avait jugé indispensable de s'envelopper.

Le cinquième jour, la mère de l'amie d'Adélaïde demanda à madame de Rothbanner si elle agréerait la recherche que le comte de Potz, secrétaire de Légation, se proposait de faire de sa chère fille. Depuis cinq jours, les jeunes gens se voyaient chez elle et paraissaient sympathiser. Elisabeth ne se trompa pas une minute sur le sens de ce nouvel intermède et elle eut le double courage et la prudence admirable, d'abord de témoigner des doutes quant à l'acquiescement de sa fille à un mariage, secondement de ne pas dire un mot à son mari. De cette façon, elle s'innocentait d'avance aux yeux du monde des extravagances qu'Adélaïde pouvait méditer, et elle n'éveillait pas elle-même chez Frédéric cette jalousie qu'elle avait appris à connaître et dont elle savait les conséquences. Il est curieux que les passions de ce dernier ordre-là ont d'autant plus d'énergie et de cruauté que ceux qui les éprouvent sont plus faibles.

Le pendant exact de ce qui s'était produit

avec Christian arriva avec M. de Potz, c'est-à-dire qu'Adélaïde s'attacha par les attentions les plus délicates à lui tourner absolument la tête et y réussit parfaitement. On parla de leur union comme d'une chose assurée. Rothbanner l'apprit et pendant quelques jours sembla disposé à y prêter les mains. Il en plaisanta avec Adélaïde elle-même. Cependant les deux femmes intéressées à suivre les mouvements de son cœur, le virent bientôt devenir sombre, inquiet, absorbé; l'une et l'autre, avec des sentiments à coup sûr bien différents, prévirent que sa maladie allait aboutir à une crise.

En effet, il entra un matin chez Adélaïde, s'assit à côté d'elle et lui prit la main. Elle se laissa faire et le regarda froidement.

— Me comprends-tu? lui dit-il avec une douceur douloureuse.

— Parfaitement, répondit-elle ; vous n'avez la force ni de me vouloir ni de renoncer à moi.

— Puis-je te vouloir?

— Assurément non.

— Puis-je renoncer à toi?

— Je puis renoncer à vous et je l'ai fait.
— Tu l'as fait?
— Je me marie.
— Et c'est à moi que tu oses...
— D'abord vous savez qu'il ne m'est pas si difficile d'oser; vous, vous ne savez pas vouloir; moi j'ai cette science-là. Je me marie, vous dis-je, à un homme que j'estime, à un homme que j'aime et, tenez, au point où nous en sommes, je ne sais pourquoi je ne serais pas sincère, à un homme qui m'est plus cher que vous ne le fûtes jamais. Le mot est dit et je ne le retirerai pas.

Et, parlant ainsi, elle regarda fixement Frédéric, car le connaissant comme elle faisait, elle savait quel poignard elle lui enfonçait dans le plus profond du cœur. Ce coup-là le rétablit soudain en parfait équilibre avec lui-même. Jaloux, la passion dominante excitée le fit nager en pleine eau dans la volonté qu'elle suggérait et qu'il ne tirait jamais d'ailleurs. Furieux, il saisit Adélaïde par le bras :

— Aime-le, ne l'aime pas, si tu le revois, si tu le regardes, je le soufflette et je le tue!

— S'il se laisse tuer; mais de toutes manières il vaut mieux que vous. Pas de ces façons-là, M. de Rothbanner! Que voulez-vous? Avez-vous la prétention de me faire passer mon existence entière dans la position odieuse que nous nous sommes créée, vous et moi? L'amour que j'ai eu pour vous, vous accorde-t-il cette prérogative inouïe de me condamner au malheur et à l'isolement éternel? C'est là ce que vous appelez de l'amour?

— Je n'ai rien à expliquer, rien à justifier... Tiens, Adélaïde, j'ai eu tort, je t'aime, je n'aime que toi, je ne peux pas, je ne veux pas te perdre! Impose-moi telle condition que tu voudras, j'y souscris et je te jure que je la tiendrai!

— Tu ne tiendras rien! Je ne veux pas te tromper, je t'ai menti, je n'aime pas cet homme! Je n'aime que toi, je n'aimerai que toi, tant que je respirerai, tant que je vivrai, il n'y aura que toi au monde pour moi! Mais je te méprise, entends-tu bien, autant que je t'aime! Tu me trahiras, tu m'abandonneras, tu me vendras à cette femme que tu exècres autant que moi, et cela non pas pour un bien, non pas pour une vertu, tu n'en as pas! mais pour la peur honteuse de quelques phrases dont tu ne crois pas le premier mot! Il te faut pourtant le savoir et j'aurai la triste et poignante joie de te le dire une fois dans ma vie : tu m'as perdue et tu as fait de moi ce que j'ai bien l'intelligence de connaître que je suis, non pas pour m'avoir prise puisque c'est moi qui t'ai pris, mais pour n'avoir pas su me garder. Et tu vas me reprendre et tu me rejetteras encore et tu me reprendras toujours et tu me rejetteras sans cesse, tout cela pour être honnête à tes propres yeux, et tu n'es pas assez inepte pour pouvoir jamais croire l'être devenu!

— Je te jure!

— Ne jure rien ou jure tout ce que tu voudras. Tiens, Frédéric tu n'es qu'un lâche, mais lâche comme tu es, je t'aime! Je me rends et me rendrai toujours!

Vous le devinez bien : la pauvre fille ne voyait que trop juste, ne disait que trop vrai. Cette scène-là, ce raccommodement fut suivi de dix scènes en sens contraire qui en amenèrent dix autres contrastantes. La maison était un enfer, bien que les apparences fussent gardées toujours. On se douta bien au dehors de quelque chose et je n'aurais pas conseillé à des bourgeois de mener cette petite vie; mais comme il n'y eut pas d'éclat bien clair, la bonne compagnie protégea les siens et le grand duc qui avait assez aimé le feu comte de Hermannsburg ne voulut jamais souffrir le moindre propos contre sa fille. Madame de Rothbanner fut sublime dans son genre; elle céda ne pouvant mieux faire et ne se découragea jamais. Il en résulta quelque chose d'assez bizarre et qui aurait pu surprendre également les deux femmes; à force de lutter ensemble et de se trouver également inépuisables en ressources, en haine, en courage, elles prirent l'une pour l'autre cette estime secrète que l'énergie inspire aux gens énergiques, même les plus ennemis et, en outre, elles se trouvèrent un beau matin, absolument unies dans l'intensité du même mépris pour ce pauvre Rothbanner. Je les ai tous connus dans un temps où le malheureux n'osait plus venir à table, encore bien moins paraître devant ses femmes à aucune heure du jour et, quand il n'était pas de service, par conséquent forcé de passer le temps hors de chez lui, il s'arrangeait de façon à dormir toute la sainte journée et à n'être sur pied que pendant que ces dames allaient dans le monde ou reposaient dans leurs lits. Il devint comme une espèce de spectre et c'est ainsi que les années de la jeunesse se passèrent pour lui et pour Adélaïde, absolument dégoûtée de son idole.

Si je vous détaillais un roman, je ferais tranquillement ici mourir l'un et l'autre d'épuisement, de confusion, de douleur. Il y aurait de quoi. Mais pas du tout. Les choses n'ont guère de ces conclusions dans la vie réelle. Quand ce diable de Rothbanner eut attrapé quarante ans et un ventre assez respectable et que surtout il eut inventé sa fameuse culasse à mortier, sa jalousie à l'endroit d'Adélaïde était devenu fort traitable. Quant à l'amour, depuis longtemps ce sentiment avait disparu pour lui comme pour elle. En somme, madame de Rothbanner pouvait être considérée comme victorieuse sur toute la ligne ; elle possédait, sans nul partage, un époux qui, désormais, ne valait ni plus ni moins qu'un autre. Je ne peux pas deviner par quelle fantaisie de vieille fille, Adélaïde voulut alors se marier. On lui fit épouser un chambellan ; mais avant la fin de l'année elle planta là son mari et revint vivre chez sa mère. Ces femmes avaient une telle habitude de se détester et d'employer l'esprit que le ciel leur a donné à aiguiser des mots sanglants l'une contre l'autre et à torturer Rothbanner d'un commun accord, dernière et unique marque d'attention qu'elles ne lui ont pas retirée, qu'on les voit décidément inséparables, et telles gens qui disent s'aimer ne se tiennent pas de cette force.

J'ai dîné l'autre jour avec le colonel Rothbanner et la raison en est qu'il désire passionnément la croix de Louis le Pieux ; je crois pouvoir la lui faire atteindre. C'est ce qui m'a remis toute cette histoire en mémoire et n'ayant rien de mieux à vous offrir, je vous l'ai racontée.

Pendant ce récit du baron, la ravissante madame de Haucastel avait, dans le fond de son fauteuil, pris une ou deux fois un air scandalisé; elle poussa alors un profond soupir et en manœuvrant son écran dans sa main divine, elle posa son petit pied sur le chenet sans dire un mot. Georges de Hamann, regardant la pendule, s'aperçut qu'il était temps d'aller faire un tour chez la princesse Ulrique-Marie et après avoir donné un coup d'œil à sa cravate, il sortit discrètement.

Quant à M. de Hautcastel, il avait dormi pendant presque tout le temps; il se leva avec un effort marqué et tira d'un trait la conclusion morale de ce qu'on vient de lire :

— Ce satané baron est bien la plus mauvaise langue que je connaisse! Toutes ces balivernes n'empêchent pas madame de Rothbanner d'être une personne charmante et elle joue au whist comme jamais femme n'y a joué!

Rio de Janeiro, 15 décembre 1869.

TABLE

SCARAMOUCHE

CHAPITRE I

Comment ledit Scaramouche se trouva épris d'une grande dame 7

CHAPITRE II

Comment Scaramouche empêcha le Comte Foscari de faire un riche mariage 63

CHAPITRE III

Comment Scaramouche s'était jusque là méconnu, et de la conclusion de son histoire . . . 117

ADÉLAIDE

Madame de Hautcastel 165

L'impression de ce volume
a été achevée le 12 Mai 1950
sur les presses de Georges Girard
à Paris